813
Os Três Crimes de ARSÈNE LUPIN

Título original: *813 Les Trois Crimes d'Arsène Lupin*
Copyright © Editora Lafonte Ltda., 2021

Todos os direitos reservados.
Nenhuma parte deste livro pode ser reproduzida sob quaisquer meios existentes sem autorização por escrito dos editores.

Direção Editorial *Ethel Santaella*
Tradução *Ciro Mioranza*
Revisão *Rita del Monaco*
Diagramação *Demetrios Cardozo*
Imagens *Shutterstock*

Dados Internacionais de Catalogação na Publicação (CIP)
(Câmara Brasileira do Livro, SP, Brasil)

Leblanc, Maurice, 1864-1941
    813 os três crimes de Arsène Lupin / Maurice Leblanc ; tradução Ciro Mioranza. -- 1. ed. -- São Paulo : Lafonte, 2021.

    Título original: 813 Les trois crimes d'Arsène Lupin
    ISBN 978-65-5870-081-4

    1. Ficção francesa I. Título.

21-60165   CDD-843

Índices para catálogo sistemático:

1. Ficção : Literatura francesa   843

Maria Alice Ferreira - Bibliotecária - CRB-8/7964

Editora Lafonte

Av. Profª Ida Kolb, 551, Casa Verde, CEP 02518-000, São Paulo-SP, Brasil – Tel.: (+55) 11 3855-2100
Atendimento ao leitor (+55) 11 3855-2216 / 11 3855-2213 – atendimento@editoralafonte.com.br
Venda de livros avulsos (+55) 11 3855-2216 – vendas@editoralafonte.com.br
Venda de livros no atacado (+55) 11 3855-2275 – atacado@escala.com.br

MAURICE LEBLANC

813
Os Três Crimes de ARSÈNE LUPIN

tradução
CIRO MIORANZA

Lafonte

2021 - Brasil

Índice

7	*Santé-Palace*
39	*Uma página da história moderna*
57	*A grande combinação de Lupin*
75	*Carlos Magno*
93	*As cartas do Imperador*
125	*Os sete bandidos*
153	*O homem negro*
179	*O mapa da Europa*
203	*A matadora*
229	*Epílogo*

Santé-Palace

1

FOI UMA EXPLOSÃO DE RISOS NO MUNDO TODO. CERTAMENTE, a captura de Arsène Lupin causou sensação, e o público não poupou à polícia os elogios que merecia por essa desforra há tanto tempo esperada e tão plenamente obtida. O grande aventureiro estava preso. O extraordinário, o genial, o invisível herói se enregelava, como os outros, entre as quatro paredes de uma cela, esmagado por sua vez por esse formidável poder que se chama Justiça, e que, mais cedo ou mais tarde, fatalmente, vence os obstáculos que se opõem a ela e destrói a obra de seus adversários.

Tudo isso foi dito, impresso, repetido, comentado, enfadonhamente repisado. O delegado de polícia recebeu a Cruz de Comendador, o sr. Weber, a Cruz de Oficial. Exaltaram a habilidade e a coragem de seus mais modestos colaboradores. Aplaudiram. Cantaram vitória. Artigos e discursos foram feitos.

Que seja! Mas alguma coisa dominou esse maravilhoso concerto de elogios, essa alegria estrondosa; foi um riso louco, enorme, espontâneo, inextinguível e tumultuoso.

Arsène Lupin, havia quatro anos, era chefe da Segurança!!!

Ele o era havia quatro anos! Ele o era real e legalmente, com todos os direitos que esse título confere, com a estima de seus chefes, com os favores do governo, com a admiração de todos.

Há quatro anos, o sossego dos habitantes e a defesa da propriedade eram confiados à Arsène Lupin. Ele zelava pelo cumprimento da lei. Protegia o inocente e perseguia o culpado. E que serviços tinha prestado! Nunca a ordem tinha sido menos perturbada, jamais o crime tinha sido descoberto com mais segurança e com mais rapidez! Basta relembrar o caso Denizou, o roubo do Banco Crédit Lyonnais, o ataque ao trem expresso de Orleans, o assassinato do barão Dorf... tantos triunfos imprevistos e fulminantes, tantas dessas magníficas proezas que podiam ser comparadas às mais célebres vitórias dos mais ilustres policiais.

Outrora, num de seus discursos, por ocasião do incêndio do Louvre e da captura dos culpados, o presidente do Conselho, Valenglay, para defender a forma um tanto arbitrária como o sr. Lenormand havia agido, afirmou:

"Por sua clarividência, por sua energia, por suas qualidades de decisão e de execução, por seus procedimentos inesperados, por seus recursos inesgotáveis, o sr. Lenormand nos lembra do único homem que teria podido, se ainda fosse vivo, enfrentá-lo, isto é, Arsène Lupin. O sr. Lenormand é um Arsène Lupin a serviço da sociedade."

E eis que o sr. Lenormand não era outro senão Arsène Lupin! Que ele fosse príncipe russo, ninguém se importava! Lupin estava acostumado com essas metamorfoses. Mas chefe da Segurança! Que deliciosa ironia! Que fantasia na conduta dessa vida extraordinária entre todas!

Sr. Lenormand! Arsène Lupin!

Hoje havia como explicar as habilidades, miraculosas na aparência, que até recentemente tinham confundido o público e desconcertado a polícia. E mesmo o desaparecimento de seu cúmplice no próprio Palácio da Justiça, em pleno dia, na data fixada. Ele próprio havia dito: "Quando souberem da simplicidade dos meios que utilizei para essa fuga, ficarão estupefatos. É só isso?, dirão. Sim, só isso, mas era preciso pensar nisso".

Era, de fato, de uma simplicidade infantil: bastava ser chefe da Segurança.

Ora, Lupin era chefe da Segurança, e todos os agentes, obedecendo a suas ordens, se tornavam cúmplices involuntários e inconscientes de Lupin.

Que bela comédia! Que admirável blefe! Que farsa monumental e reconfortante em nossa época de fraqueza! Embora prisioneiro, embora irremediavelmente vencido, Lupin, apesar de tudo, era o grande vencedor. De sua cela, brilhava sobre Paris. Mais do que nunca era o ídolo, mais do que nunca era o Mestre! Acordando no dia seguinte em seu apartamento no "Santé-Palace", como ele logo passou a chamar a prisão, Arsène Lupin teve a visão muito nítida da formidável repercussão que sua prisão haveria de produzir sob o duplo nome de Sernine e de Lenormand, e sob o duplo título de príncipe e de chefe da Segurança.

Esfregou as mãos e comentou:

– Nada é melhor para fazer companhia ao homem solitário do que a aprovação de seus contemporâneos. Ó glória! Sol dos vivos!...

Na claridade, sua cela lhe agradou ainda mais. A janela, posta bem no alto, deixava perceber os galhos de uma árvore, através dos quais se podia ver o azul do céu. As paredes eram brancas. Havia apenas uma mesa e uma cadeira, presas ao chão. Mas era tudo limpo e simpático.

– Vamos – disse ele, – um pouco de repouso por aqui não deixará de ter seu charme... Mas vamos proceder à nossa toalete... Tenho tudo de que preciso?... Não... Nesse caso, dois toques de campainha para a camareira.

Pressionou, perto da porta, um mecanismo que acionou um disco de sinalização no corredor. Um instante depois, parafusos e barras de ferro foram puxados do lado de fora, a fechadura funcionou e um guarda apareceu.

– Água quente, meu amigo – pediu Lupin.

O outro olhou para ele, ao mesmo tempo confuso e zangado.

– Ah! – exclamou Lupin – e uma toalha felpuda! Arre! não há toalha felpuda!

O homem resmungou:

– Você está zombando de mim, não é? Não é coisa que se faça.

Ele estava se retirando, quando Lupin lhe agarrou o braço com violência:

– Cem francos, se quiser levar uma carta ao correio.

Tirou do bolso uma nota de cem francos, que havia subtraído durante a revista e a estendeu.

– A carta... – disse o guarda, tomando o dinheiro.

– Pronto!... apenas o tempo de escrevê-la.

Ele se sentou à mesa, rabiscou algumas palavras a lápis num pedaço de papel, que enfiou num envelope e escreveu:

Senhor S. B. 42.
Posta-restante, Paris.

O guarda tomou a carta e saiu.

– Aí está uma missiva – disse Lupin para si mesmo –, que chegará a seu endereço com tanta certeza como se eu mesmo a levasse. Daqui a uma hora, quando muito, terei a resposta. Precisamente o tempo necessário para me entregar ao exame de minha situação.

Acomodou-se na cadeira e, à meia voz, resumiu:
– Em suma, tenho atualmente dois adversários a combater: 1°., a sociedade, que me mantém preso, mas que pouco me importo com ela; 2°., um personagem desconhecido que não me mantém sob suas ordens, mas que me deixa não pouco preocupado. Foi ele que contou à polícia que eu era Sernine. Foi ele que adivinhou que eu era o sr. Lenormand. Foi ele que fechou a porta do subterrâneo e foi ele quem fez com que me enfiassem na prisão.

Arsène Lupin refletiu um segundo, depois continuou:
– Então, no fim das contas, a luta é entre mim e ele. E para sustentar essa luta, isto é, para descobrir e esclarecer o caso Kesselbach, estou preso, enquanto ele está livre, desconhecido, inacessível, dispondo de dois trunfos que eu julgava ter, Pierre Leduc e o velho Steinweg... em resumo, ele alcança o objetivo, depois de me haver afastado definitivamente.

Nova pausa meditativa, depois novo monólogo:
– A situação não é brilhante. De um lado, tudo e, do outro, nada. Diante de mim, um homem de minha força, até mais forte, visto que ele não tem os escrúpulos que me embaraçam. E para atacá-lo, não disponho de armas.

Repetiu essas últimas palavras várias vezes numa voz mecânica, depois se calou; e, pondo as mãos na cabeça, permaneceu pensativo por longo tempo.

– Entre, senhor diretor – disse ele, vendo a porta se abrir.
– Então estava me esperando?
– Não lhe escrevi, senhor diretor, pedindo-lhe para que viesse? Ora, não cheguei a duvidar um segundo sequer de que o guarda lhe entregaria minha carta. Tive tão poucas dúvidas a respeito que escrevi no envelope suas iniciais: S. B. e sua idade: 42.

O nome do diretor era, de fato, Stanislas Borély, e tinha 42 anos de idade. Era um homem de aparência agradável, de caráter pacífico e que tratava os detentos com a maior indulgência possível. Ele disse a Lupin:

– Você não menosprezou a probidade de meu subordinado. Aqui está seu dinheiro, que lhe será devolvido quando de sua libertação... Agora vai ter de passar novamente pela sala de revista.

Lupin seguiu o sr. Borély até a pequena sala reservada para esse fim, despiu-se e, enquanto suas roupas eram revistadas com justificada desconfiança, ele mesmo foi submetido a um exame mais meticuloso.

Em seguida, foi reconduzido à sua cela, e o sr. Borély disse:

– Estou mais tranquilo. O que tinha de ser feito está feito.

– E bem feito, senhor diretor. Seus auxiliares cumprem essas funções com uma delicadeza que faço questão de lhes agradecer com esse testemunho de minha satisfação.

E deu uma nota de cem francos ao sr. Borély, que deu um pulo.

– Ah, mais essa! Mas... de onde vem?

–É inútil quebrar a cabeça, senhor diretor. Um homem como eu, levando a vida que leva, está sempre pronto para qualquer eventualidade, e nenhum infortúnio, por mais penoso que seja, o apanha desprevenido, nem mesmo a prisão.

Ele agarrou, entre o polegar e o indicador da mão direita, o dedo médio da mão esquerda e o arrancou com um puxão seco e o apresentou tranquilamente ao sr. Borély.

– Não pule assim, senhor diretor. Esse não é meu dedo, mas um simples tubo de intestino animal, artisticamente colorido, e que se aplica exatamente sobre meu dedo médio, para dar a ilusão do dedo real.

E acrescentou, rindo:

— E, de modo, bem entendido, a esconder uma terceira nota de cem francos... O que quer? Cada um tem a carteira que pode... e tem de fazer bom uso dela...

E parou por aí, ante a fisionomia espantada do sr. Borély.

— Por favor, senhor diretor, não pense que eu queira deslumbrá-lo com meus pequenos talentos. Gostaria somente de lhe mostrar que está lidando com um... cliente de natureza um tanto... especial... e dizer-lhe que não deveria se surpreender se me tornar culpado de certas infrações das regras comuns de seu estabelecimento.

O diretor já se havia recuperado. E declarou claramente:

— Quero crer que vai se conformar com essas regras e que não vai me obrigar a tomar medidas rigorosas...

— Que lhe seriam penosas, não é, senhor diretor? É precisamente disso que eu gostaria de poupá-lo, provando-lhe com antecedência que elas não me impediriam de agir a meu modo, de me corresponder com meus amigos, de defender lá fora os sérios interesses que me são confiados, de escrever aos jornais que acompanham minha atuação, de prosseguir na realização de meus projetos e, por fim, de preparar minha fuga.

— Sua fuga!

Lupin se pôs a rir, com vontade.

— Reflita, senhor diretor... Minha única desculpa para estar na prisão é de sair dela.

O argumento não pareceu suficiente ao sr. Borély. Por sua vez, tentou rir também.

— Um homem prevenido vale por dois...

— É o que eu sempre quis. Tome todas as precauções, senhor diretor, não negligencie nada, para que mais tarde ninguém tenha algo para recriminá-lo. Por outro lado, vou me arranjar de tal maneira que, quaisquer que sejam os transtornos que o senhor tiver de enfrentar por causa dessa fuga, sua carreira, pelo menos, não seja prejudicada. Era o que eu tinha a lhe dizer, senhor diretor. Pode se retirar.

E, enquanto o sr. Borély ia saindo, profundamente perturbado por esse singular prisioneiro, e mais que inquieto com os acontecimentos que haveriam de se desencadear, o detento se atirava na cama, murmurando:

– Pois bem, meu velho Lupin, você tem coragem! Na verdade, poder-se-ia dizer que você já sabe como vai sair daqui!

2

A PRISÃO DA SANTÉ É CONSTRUÍDA SEGUNDO O SISTEMA DE raios de uma roda. No centro da parte principal, há uma rótula para onde convergem todos os corredores, de tal forma que um detento não pode sair de sua cela sem ser logo avistado pelos guardas postados na cabine envidraçada, que ocupa o centro dessa rótula.

O que surpreende o visitante que percorre a prisão é encontrar, a todo instante, detentos sem escolta e que parecem circular como se estivessem livres. Na realidade, para ir de um ponto a outro, por exemplo, de sua cela até a viatura penitenciária que os espera no pátio para levá-los ao Palácio da Justiça, isto é, à instrução judicial, eles transpõem linhas retas, cada uma das quais termina com uma porta que um guarda lhes abre; esse guarda é unicamente encarregado de abrir essa porta e de vigiar as duas linhas retas que ela controla.

E, desse modo, os prisioneiros, aparentemente livres, são enviados de porta em porta, de olhar em olhar, como encomendas que são passadas de mão em mão.

Do lado de fora, os guardas municipais recebem o objeto e o inserem em uma das repartições da viatura utilizada no transporte de presos. Esse é o costume.

Com Lupin, esse procedimento foi ignorado. Não confiaram nessa caminhada pelos corredores. Desconfiaram da viatura da polícia. Desconfiaram de tudo.

O sr. Weber veio pessoalmente, acompanhado de doze agentes – seus melhores homens, selecionados, armados até os dentes –, recebeu o temido prisioneiro na soleira de sua sala, elevou-o num fiacre, cujo cocheiro era um de seus homens. À direita e à esquerda, à frente e atrás, trotavam guardas municipais.

– Bravo! – exclamou Lupin. – Têm por mim uma consideração que me comove. Uma guarda de honra. Puxa, Weber! Você tem realmente senso de hierarquia! Não esquece o que deve a seu chefe imediato.

E batendo no ombro dele:

– Weber, tenho a intenção de pedir minha demissão. Vou designá-lo como meu sucessor.

– Está quase feito – disse Weber.

– Que boa notícia! Eu estava um pouco inquieto com relação à minha fuga. Agora estou tranquilo. A partir do momento em que Weber assume como chefe dos serviços da Segurança...

O sr. Weber não respondeu ao ataque. No fundo, experimentava um sentimento bizarro e complexo diante de seu adversário, sentimento decorrente do medo que Lupin lhe inspirava, da deferência que nutria pelo príncipe Sernine e da respeitosa admiração que sempre havia demonstrado ao sr. Lenormand. Tudo isso misturado com rancor, inveja e ódio satisfeito.

Chegamos ao Palácio de Justiça. No sopé da "ratoeira", agentes da Segurança aguardavam; o sr. Weber se alegrou ao ver entre eles seus dois melhores tenentes, os irmãos Doudeville.

– O sr. Formerie está? – perguntou-lhes.

– Sim, chefe, o senhor juiz de instrução está no gabinete.

O sr. Weber subiu as escadas, seguido por Lupin, enquadrado pelos Doudeville.

– Geneviève? – murmurou o prisioneiro.

– Salva...

– Onde ela está?

– Na casa da avó.

– A sra. Kesselbach?

– Em Paris, Hotel Bristol.

– Suzanne?

– Desaparecida.

– Steinweg?

– Não sabemos nada.

– A Villa Dupont está sendo vigiada?

– Sim.

– A imprensa, esta manhã, está boa?

– Excelente.

– Bom. Como escrever para mim, aqui estão minhas instruções.

Chegavam ao corredor interno do primeiro andar. Lupin passou discretamente para a mão de um dos irmãos uma pequena bola de papel.

O sr. Formerie proferiu uma frase deliciosa quando Lupin entrou em seu gabinete, acompanhado do subchefe.

– Ah! Olhe você aqui! Não tinha dúvida de que, mais dia menos dia, poríamos as mãos em você.

– Eu tampouco duvidava disso, senhor juiz de instrução – disse Lupin – e fico feliz que seja o senhor que o destino tenha designado para fazer justiça ao homem honesto que sou.

"Está zombando de mim", pensou o sr. Formerie.

E, no mesmo tom irônico e sério, retrucou:

– Homem honesto como é, senhor, deve se explicar por enquanto em 344 casos de roubo, furto, fraude, falsificação, chantagem, receptação etc. Trezentos e quarenta e quatro!

– Como? Só isso? – exclamou Lupin. – Estou realmente envergonhado.

– O homem honesto que você é deve se explicar hoje sobre o assassinato do sr. Altenheim.

– Ora veja, isso é novidade! A ideia é sua, senhor juiz de instrução?

– Precisamente.

– Muito bem! Na verdade, o senhor está fazendo progressos, sr. Formerie.

– A posição em que você foi surpreendido não deixa dúvida alguma.

– Nenhuma, apenas me permitiria perguntar-lhe o seguinte: de que ferimento morreu Altenheim?

– De um ferimento na garganta, feito por uma faca.

– E onde está essa faca?

– Não foi encontrada.

– Como poderia não ter sido encontrada, se fui eu o assassino, uma vez que fui surpreendido exatamente ao lado do homem que teria matado?

– E, segundo você, quem é o assassino?...

– Ninguém menos que aquele que degolou o sr. Kesselbach, Chapman, ninguém mais. A natureza do ferimento é prova suficiente.

– Por onde ele teria escapado?
– Por um alçapão que descobrirá na própria sala onde o drama teve lugar.
O sr. Formerie assumiu um ar astuto.
– E como é que explica que não tenha seguido esse exemplo salutar?
– Tentei segui-lo. Mas a saída estava bloqueada por uma porta que não consegui abrir. Foi durante essa tentativa que o outro voltou até a sala e matou seu cúmplice, com medo das revelações que esse não teria deixado de fazer. Ao mesmo tempo, ele escondeu no fundo do armário embutido, onde foi encontrada, a trouxa de roupas que eu havia preparado.
– Por que essas roupas?
– Para me disfarçar. Chegando às Glicínias, meu plano era esse: entregar Altenheim à justiça, desaparecer como o príncipe Sernine e reaparecer sob os traços...
– Do sr. Lenormand, talvez?
– Exatamente.
– Não.
– O quê?
O sr. Formerie sorria com ar malicioso e balançava o dedo indicador da direita para a esquerda e da esquerda para a direita.
– Não – repetiu ele.
– O que, não?
– A história do sr. Lenormand... é boa para o público, sem dúvida, meu amigo. Mas você não vai fazer o sr. Formerie engolir que Lupin e Lenormand era uma só e a mesma pessoa.
E desatou a rir.
– Lupin, chefe da Segurança! Não! Tudo o que você quiser, mas não isso! Há limites... Sou um bom rapaz..., mas ainda

assim..., vejamos, cá entre nós, por que motivo essa nova mentira? Confesso que não vejo bem...

Lupin olhou para ele com espanto. Apesar de tudo o que sabia sobre o sr. Formerie, não conseguia imaginar tal grau de presunção e de cegueira. A dupla personalidade do príncipe Sernine não tinha, naquele momento, um único incrédulo. Só o sr. Formerie...

Lupin se voltou para o subchefe, que estava escutando, boquiaberto.

– Meu chefe Weber, sua promoção me parece totalmente comprometida. Porque, afinal, se o sr. Lenormand não sou eu, é porque ele existe... e se ele existe, não tenho dúvida de que o sr. Formerie, com todo o seu faro, acabe por descobri-lo... nesse caso...

– Vamos descobri-lo, sr. Lupin – exclamou o juiz de instrução... – Eu cuidarei disso e confesso que o confronto entre você e ele não será banal.

Ele ria, tamborilando na mesa.

– Que engraçado! Ah! Com você, a gente não se aborrece. Então, você seria o sr. Lenormand e foi você que teria feito prender seu cúmplice Marco!

– Perfeitamente! Não era necessário agradar ao presidente do Conselho e salvar o Gabinete? O fato é histórico.

O sr. Formerie se contorcia de rir.

– Ah, mais essa! É de matar! Meu Deus, como é engraçado! A resposta vai dar a volta ao mundo. E daí, segundo seu sistema, foi com você que eu teria feito a investigação desde o início até o Palace, depois do assassinato do sr. Kesselbach?

– Foi exatamente comigo que o senhor acompanhou o caso do diadema quando eu era duque de Charmerace – respondeu Lupin, com voz sarcástica.

O sr. Formerie estremeceu, toda a sua alegria desapareceu com essa odiosa lembrança. Subitamente sério, disse:

– Então, você persiste nesse sistema absurdo?

– Sou obrigado a isso, porque é a verdade. Será fácil para o senhor, se tomar um navio para a Cochinchina, encontrar em Saigon as provas da morte do verdadeiro sr. Lenormand, do bravo homem a quem substituí e cujo atestado de óbito poderia lhe entregar.

– Mentiras!

– Palavra de honra, senhor juiz de instrução, confessarei que isso, para mim, não faz diferença. Se o senhor não quer que eu seja o sr. Lenormand, não falemos mais dele. Se lhe agradar que tenha sido eu quem matou Altenheim, que seja. Vai se divertir fornecendo provas. Repito, tudo isso não tem nenhuma importância para mim. Considero todas as suas perguntas e todas as minhas respostas como nulas e que sequer ocorreram. Sua audiência de instrução não vale, pela simples razão de que estarei no inferno quando ela tiver terminado. Somente...

Sem qualquer constrangimento, tomou uma cadeira e sentou-se diante do sr. Formerie, do outro lado da mesa. E, num tom seco, falou:

– Só há uma coisa e é esta: deverá aprender, senhor, que, apesar das aparências

e apesar de suas intenções, não pretendo perder meu tempo. O senhor tem seus negócios... eu tenho os meus. O senhor é pago para levar adiante os seus. Eu faço os meus... e me pago. Ora, o negócio a que me dedico atualmente é um daqueles que não permite um minuto de distração, nem um segundo de inatividade na preparação e na execução dos atos, que devem levá-lo a termo. Então prossigo com ele e, como o senhor me põe na obrigação passageira de ficar rodando os polegares entre as quatro paredes de uma cela, são vocês dois, senhores, que encarrego de meus interesses. Entendido?

Ele estava de pé, numa atitude insolente, com ar de desdém, e tal era o poder de domínio desse homem que seus dois interlocutores não ousaram interrompê-lo.

O sr. Formerie preferiu rir, como um observador que se diverte.

– É engraçado! É até ridículo!

– Ridículo ou não, senhor, é assim que vai ser. Meu processo, o fato de saber se matei ou não, a busca por meus antecedentes, de meus delitos ou crimes passados, tantas bobagens que permito que com elas se distraia, contanto, todavia, que não perca por um momento de vista o propósito de sua missão.

– Que é? – perguntou o sr. Formerie, sempre zombeteiro.

– Que é a de me substituir em minhas investigações relativas ao caso do sr. Kesselbach e, em particular, descobrir o sr. Steinweg, súdito alemão, sequestrado e levado pelo falecido barão Altenheim.

– Que história é essa?

– Essa história é daquelas que guardava para mim quando era, ou melhor, quando julgava ser o sr. Lenormand. Uma parte se desenrolou em meu gabinete, perto daqui, e Weber não deve ignorar o fato inteiramente. Em duas palavras, o velho Steinweg sabe a verdade sobre esse misterioso projeto que o sr. Kesselbach estava perseguindo, e Altenheim, que também estava na pista, fez desaparecer o sr. Steinweg.

– Ninguém faz desaparecer pessoas dessa maneira. Esse Steinweg deve estar em algum lugar.

– Certamente.

– Sabe onde?

– Sim.
– Eu estaria curioso...
– Ele está no número 29 da Villa Dupont.

O sr. Weber deu de ombros.

– Na casa de Altenheim, então? No hotel em que morava?

– Sim.

– Esse é o crédito que podemos atribuir a todas essas bobagens! No bolso do barão, encontrei seu endereço. Uma hora depois, o hotel era ocupado por meus homens!

Lupin deu um suspiro de alívio.

– Ah! Boa notícia! Eu que temia a intervenção do cúmplice, daquele que não pude alcançar, e um segundo sequestro de Steinweg. Os criados?

– Foram embora!

– Evidentemente, um telefonema do outro os terá avisado. Mas Steinweg está lá.

O sr. Weber ficou impaciente:

– Mas não há ninguém, uma vez que, repito, meus homens não saíram do hotel.

– Senhor subchefe da Segurança, dou-lhe o mandado para que faça o senhor mesmo uma busca no hotel da Villa Dupont... Amanhã me informará sobre os resultados.

O sr. Weber deu de ombros novamente e, sem se importar com a impertinência, disse:

– Tenho coisas mais urgentes...

– Senhor subchefe da Segurança, não há nada mais urgente. Se demorar, todos os meus planos vão por água abaixo. O velho Steinweg nunca mais vai falar.

– Por quê?

– Porque ele vai morrer de fome se, dentro de um dia, dois no máximo, não lhe levar o que comer.

3

— Muito grave... Muito sério... – murmurou o sr. Formerie, depois de um minuto de reflexão. – Infelizmente...
Ele sorriu.
— Infelizmente, sua revelação está manchada por um grande defeito.
— Ah! E qual é?
— É que tudo isso, sr. Lupin, não passa de uma grande mistificação... O que quer? Começo a compreender seus truques e, quanto mais obscuros me parecem, mais desconfio.
— Idiota – resmungou Lupin.
O sr. Formerie se levantou.
— Acabou. Como pode ver, nada mais era que um interrogatório puramente formal, o encontro frente a frente dos dois duelistas. Agora que as espadas estão preparadas, nada mais nos falta a não ser a testemunha obrigatória desse torneio de armas, seu advogado.
— Bah! É indispensável?
— Indispensável.
— Fazer trabalhar um dos mestres da advocacia em vista de debates tão... problemáticos?
— É necessário.
— Nesse caso, escolho o advogado Quimbel.
— O presidente da Ordem dos Advogados. Muito bem, será bem defendido.

Essa primeira sessão tinha terminado. Ao descer a escada da "ratoeira", entre os dois Doudeville, o detento articulou, em curtas frases imperativas:
— Vigiem a casa de Geneviève... quatro homens permanen-

temente... A sra. Kesselbach também... elas estão ameaçadas. Revistem a Villa Dupont... estejam lá. Se descobrirem Steinweg, façam com que se cale... à força, se necessário.

– Quando vai estar livre, chefe?

– Nada a fazer, por enquanto... Além disso, isso não tem pressa... Vou descansar.

Embaixo, encontrou os guardas municipais que cercavam a viatura.

– Para casa, meus filhos – exclamou ele, sem rodeios. – Tenho um encontro comigo mesmo, às 2 horas em ponto.

O trajeto foi percorrido sem incidentes.

Voltando para sua cela, Lupin escreveu uma longa carta de instruções detalhadas aos irmãos Doudeville e duas outras cartas.

Uma era para Geneviève:

"Geneviève, você sabe quem eu sou agora e vai entender por que lhe escondi o nome daquele que, por duas vezes, carregou você muito pequenina, nos braços.

Geneviève, eu era amigo de sua mãe, amigo distante, cuja dupla existência ela desconhecia, mas com quem ela acreditava que podia contar. E foi por isso que, antes de morrer, ela me escreveu algumas palavras e me implorava para cuidar de você.

Por mais indigno que eu seja de sua estima, Geneviève, serei fiel a esse desejo. Não me afaste inteiramente de seu coração. Arsène Lupin."

A outra carta era endereçada a Dolores Kesselbach:"Só o interesse havia aproximado o príncipe Sernine da sra. Kesselbach. Mas uma imensa necessidade de se dedicar a ela o reteve ao seu lado.

Hoje, que o príncipe Sernine não é outro senão Arsène Lupin, ele pede à sra. Kesselbach não lhe tirar o direito de protegê-la, de longe, e como se protege alguém que nunca mais se vai rever."

Havia envelopes sobre a mesa. Tomou um, depois dois, mas, quando ia apanhar o terceiro, viu uma folha de papel em branco, cuja presença o surpreendeu; nela estavam coladas algumas palavras, visivelmente cortadas de um jornal. Decifrou:

"*A luta com Altenheim não deu certo. Desista de se ocupar do caso e não me oporei à sua fuga. Assinado: L. M.*"

Uma vez mais Lupin teve essa sensação de repulsa e de terror que lhe inspirava esse ser inominável e fabuloso – a sensação de desgosto que se experimenta ao tocar um animal venenoso, um réptil.

– Ele de novo – disse ele –, e até aqui!

Era isso também que o aterrorizava, a súbita visão que ele tinha, por instantes, desse poderio inimigo, um poderio tão grande quanto o seu, e que dispunha de meios formidáveis dos quais ele mesmo não se dava conta.

Passou a suspeitar imediatamente de seu guarda. Mas como teriam conseguido corromper esse homem de semblante duro, de expressão severa?

– Pois bem! Tanto melhor, afinal! – exclamou ele. – Sempre tive de lidar com pessoas incompetentes... Para combater a mim mesmo, tive de me nomear subitamente chefe da Segurança... Desta vez estou bem servido!... Aí está um homem que me põe no bolso... fazendo malabarismos, poder-se-ia dizer... Se eu chegar, do fundo de minha prisão, a evitar seus golpes e demoli-lo, a ver o velho Steinweg e a lhe arrancar a confissão, a levantar o caso Kesselbach e a resolvê-lo integralmente, a defender a sra. Kesselbach e a conquistar a felicidade e a fortuna para Geneviève... Muito bem, é verdade, é que Lupin... será sempre Lupin... e, por isso, vamos começar por dormir.

Estendeu-se na cama, murmurando:

— Steinweg, tenha paciência, não morra até amanhã à noite, e eu juro...

Dormiu todo o final do dia, toda a noite e toda a manhã seguinte. Por volta das 11 horas, vieram dizer-lhe que o Dr. Quimbel o esperava na sala dos advogados, ao que respondeu:

— Vá dizer ao Dr. Quimbel que, se precisar de informações sobre meus feitos e proezas, só lhe basta consultar os jornais dos últimos dez anos. Meu passado pertence à história.

Ao meio-dia, mesmo cerimonial e mesmas precauções do dia anterior para conduzi-lo ao Palácio da Justiça. Viu o mais velho dos Doudeville, com quem trocou algumas palavras e a quem entregou as três cartas que havia preparado, e foi conduzido à presença do sr. Formerie.

O Dr. Quimbel estava lá, carregando uma pasta repleta de documentos.

Lupin logo se desculpou.

— Todas as minhas desculpas, meu caro mestre, por não ter podido recebê-lo e todas as minhas desculpas também pelo trabalho que quer deveras assumir, trabalho inútil, uma vez que...

— Sim, sim, nós sabemos — interrompeu o sr. Formerie — que estará viajando. Isso é acordado. Mas até lá, vamos fazer nossa obrigação. Arsène Lupin, apesar de todas as nossas pesquisas, não temos nenhum dado preciso sobre seu nome verdadeiro.

— Coisa mais estranha! Nem eu.

— Não poderíamos nem mesmo afirmar que você é o mesmo Arsène Lupin que foi detido na prisão de Santé em 19... e que se evadiu uma primeira vez.

— Uma "primeira vez" é uma expressão muito apropriada.

— Acontece, de fato — continuou o sr. Formerie —, que a

ficha de Arsène Lupin encontrada no serviço antropométrico fornece uma descrição de Arsène Lupin que difere em todos os pontos de sua descrição atual.
— Cada vez mais bizarro.
— Indicações diferentes, medidas diferentes, impressões diferentes... As duas fotografias não têm relação alguma entre si. Peço-lhe, portanto, que tenha a bondade de nos definir sua identidade exata.
— É precisamente o que eu gostaria de lhe perguntar. Vivi com tantos nomes diferentes que acabei por esquecer o meu. Não me reconheço mais.
— Recusa-se, pois, a responder.
— Sim.
— E por quê?
— Por quê?— É de propósito?
— Sim. Eu lhe disse que sua investigação não conta. Eu lhe dei a missão ontem de fazer uma que me interesse. Estou esperando o resultado.
— E eu — exclamou o sr. Formerie — lhe disse ontem que não acreditava numa única palavra traiçoeira de sua história sobre Steinweg, e que não me ocuparia com ela.
— Então por que, ontem, depois de nossa conversa, o senhor foi à Villa Dupont e, em companhia do sr. Weber, revistou minuciosamente o número 29?
— Como sabe?... — perguntou o juiz de instrução, bastante aborrecido.
— Pelos jornais...
— Ah, você lê os jornais!
— É preciso se manter bem informado.
— Na verdade, por descargo de consciência, visitei essa casa, sumariamente e sem lhe dar a menor importância...

– Pelo contrário, você atribui a ela muita importância e está cumprindo a missão que lhe confiei com um empenho tão digno de elogios, que, agora, o subchefe da Segurança está lá fazendo buscas.

O sr. Formerie parecia petrificado. Balbuciou:

– Que invenção! Nós, o sr. Weber e eu, temos muitas outras coisas com que nos preocupar.

Nesse momento, um porteiro entrou e disse algumas palavras no ouvido do sr. Formerie.

– Faça-o entrar! – exclamou este... – Faça-o entrar!...

E precipitando-se:

– Pois bem, sr. Weber, o que há de novo? Encontrou esse homem...

Ele nem se incomodava em dissimular, tanta era a pressa em saber.

O subchefe da Segurança respondeu:

– Nada.

– Ah!, tem certeza?

– Afirmo que não há ninguém naquela casa, nem vivo nem morto.

– Contudo...

– É isso, senhor juiz de instrução.

Os dois pareciam decepcionados, como se a convicção de Lupin os tivesse vencido, por sua vez.

– Está vendo, Lupin... – disse o sr. Formerie, em tom de pesar.

E acrescentou:

– Tudo o que podemos presumir é que o velho Steinweg, depois de ter estado trancado lá, não está mais.

Lupin declarou:

– Anteontem, de manhã, ele ainda estava lá.

– E, às 5 horas da tarde, meus homens ocupavam o imóvel – observou o sr. Weber.

– Então teríamos de admitir – concluiu o sr. Formerie – que ele foi sequestrado à tarde.

– Não – disse Lupin.

– Acredita?

Homenagem ingênua à clarividência de Lupin, essa pergunta instintiva do juiz de instrução, essa espécie de submissão antecipada a tudo o que o adversário decretasse.

– Faço mais do que acreditar – afirmou Lupin, de maneira bem clara. – É materialmente impossível que o sr. Steinweg tenha sido libertado nesse momento. Steinweg está no número 29 da Villa Dupont.

O sr. Weber ergueu os braços para o teto.

– Mas isso é loucura! Porque estou voltando de lá! Porque vasculhei cada quarto!... Um homem não se esconde como uma moeda de dez centavos.

– Então, o que fazer? – lamentou o sr. Formerie.

– O que fazer, senhor juiz de instrução? – retrucou Lupin. – É muito simples. Embarcar numa viatura e me levar, com todas as precauções que quiser tomar, ao número 29 da Villa Dupont. É 1 hora. Às 3, terei descoberto Steinweg.

A oferta era precisa, imperiosa e exigente. Os dois magistrados sentiram o peso dessa

vontade formidável. O sr. Formerie olhou para o sr. Weber. Afinal, por que não? O que é que se opunha a essa tentativa?

– O que acha, sr. Weber?

– Pô!... Eu realmente não sei.

– Sim, mas... se se trata da vida de um homem...

– Evidentemente... – comentou o subchefe, que começava a refletir.

A porta se abriu. Um contínuo trouxe uma carta, que o sr. Formerie abriu e na qual leu essas palavras: "Desconfie. Se Lupin entrar na casa da Villa Dupont, ele sairá livre. Sua fuga está preparada. – L. M." O sr. Formerie empalideceu. O perigo do qual acabara de escapar o assustava. Mais uma vez, Lupin tinha brincado com ele. Steinweg não existia. Bem baixo, resmungando, o sr. Formerie deu graças a Deus. Sem o milagre dessa carta anônima, ele estava perdido, desonrado.

– Chega por hoje – disse ele. – Retomaremos o interrogatório amanhã. Guardas, que detento seja reconduzido à prisão de Santé.

Lupin não se alterou. Disse a si mesmo que o golpe provinha do outro. E pensou que havia vinte chances contra uma de que o salvamento de Steinweg pudesse ser levado a efeito agora, mas que, em suma, restava aquela vigésima primeira chance, e não havia razão para ele, Lupin, se desesperar.

Então, disse simplesmente:

– Senhor juiz de instrução, marco um encontro com o senhor para amanhã de manhã, às 10 horas, no número 29 da Villa Dupont.

– Está louco! Mas como, se eu não quero!...

– Mas eu quero, e isso é suficiente. Até amanhã, às 10 horas. Seja pontual.

4

COMO DAS OUTRAS VEZES, ASSIM QUE ENTROU NA CELA, Lupin se deitou e, bocejando, pensava:

"No fundo, nada é mais prático para a condução de meus negócios do que essa existência. Cada dia dou um pequeno empurrão, que põe em movimento toda a máquina, e só tenho de esperar pacientemente até o dia seguinte. Os eventos acontecem por conta própria. Que descanso para um homem extenuado!"

E, voltando-se para a parede:

"Steinweg, se você quer viver, não morra ainda!!! Peço-lhe um pouco de boa vontade. Faça como eu: durma."

Exceto na hora das refeições, dormiu novamente até de manhã. Foi somente o ruído das fechaduras e dos ferrolhos que o acordou.

– Levante-se! – disse-lhe o guarda. – Vista-se, estamos com pressa!

O sr. Weber e seus homens o receberam no corredor e o levaram até o fiacre.

– Cocheiro, 29, Villa Dupont – disse Lupin, subindo... – E rapidamente...

– Ah, então você sabe que estamos indo para lá? – disse o subchefe.

– Evidentemente, eu sei, porque ontem marquei um encontro com o sr. Formerie, no número 29 da Villa Dupont, às 10 horas em ponto. Quando Lupin diz uma coisa, essa coisa acontece. A prova...

Desde a rua Pergolèse, as precauções multiplicadas pela polícia excitaram a alegria do prisioneiro. Esquadrões de agentes se alinhavam na rua. Quanto à Villa Dupont, era pura e simplesmente interditada à circulação.

– O estado de sítio – zombou Lupin. – Weber, você vai distribuir de minha parte um luís a cada um desses pobres tipos, que você incomodou sem motivo. Mesmo assim, pode--se perceber que você está com medo! Mais um pouco e você me algemaria.

– Eu estaria apenas atendendo seu desejo – disse Weber.
– Vá em frente, meu velho. Devemos tornar o jogo igual entre nós! Pense, pois, há apenas trezentos de vocês, hoje!

Com as mãos acorrentadas, ele desceu da viatura diante da escadaria externa e imediatamente foi conduzido para uma sala onde estava o sr. Formerie. Os agentes saíram. Só o sr. Weber permaneceu.

– Perdoe-me, senhor juiz de instrução – disse Lupin –, talvez eu esteja um minuto ou dois de atraso. Tenha a certeza de que outra vez tratarei...

O sr. Formerie estava pálido. Um tremor nervoso o agitava. Gaguejou:

– Senhor, a sra. Formerie...

Teve de parar, sem fôlego, com a garganta apertada.

– Como está, a boa senhora Formerie? – perguntou Lupin, com interesse. Tive o prazer de dançar com ela, nesse inverno, no baile do Hotel de Ville, e essa lembrança...

– Senhor – recomeçou o juiz de instrução – senhor, a sra. Formerie recebeu da mãe, ontem à noite, um telefonema chamando-a às pressas. A sra. Formerie saiu imediatamente, sem mim, infelizmente, porque eu estava estudando seu dossiê.

– Estava estudando meu dossiê? Mas olhe só que coisa! – observou Lupin.

– Ora, à meia-noite – continuou o juiz –, não vendo a sra. Formerie retornar, bastante inquieto, corri até casa da mãe dela; a sra. Formerie não estava lá. A mãe dela não lhe havia telefonado. Tudo isso era apenas a mais abominável das armadilhas. Até esse momento, a sra. Formerie não voltou ainda.

– Ah! – exclamou Lupin, indignado.

E, depois de ter refletido:

– Pelo que me lembro, a sra. Formerie é muito bonita, não é?

Maurice Leblanc

O juiz pareceu não entender. Caminhou até Lupin e, com voz ansiosa e com uma atitude um tanto teatral, disse:

– Senhor, fui avisado esta manhã, por carta, que minha esposa me seria devolvida imediatamente depois que o sr. Steinweg fosse descoberto. Aqui está a carta. Está assinada por Lupin. É sua?

Lupin examinou a carta e concluiu gravemente:

– É minha.

– O que significa que você deseja obter de mim, por constrangimento, a direção das buscas relativas ao sr. Steinweg?

– Eu o exijo.

– E que minha esposa será libertada logo depois?

– Ela será libertada.

– Mesmo no caso em que as buscas resultassem infrutíferas?

– Esse caso não é admissível.

– E se eu recusar? – exclamou o sr. Formerie, num acesso imprevisto de revolta.

Lupin murmurou:

– Uma recusa poderia ter consequências graves... A sra. Formerie é bonita...

– Que seja. Procure... você é o mestre – rosnou o sr. Formerie.

E o senhor Formerie cruzou os braços, como homem que sabe, na ocasião, se resignar diante da força superior dos acontecimentos.

O sr. Weber não disse uma palavra, mas mordia o bigode com raiva e se percebia toda a raiva que ele devia sentir ao ceder mais uma vez aos caprichos desse inimigo, vencido e sempre vitorioso.

– Vamos subir – disse Lupin.

Subiram.

– Abram a porta deste quarto.

Abriram.

– Tirem minhas algemas.

Houve um minuto de hesitação. O sr. Formerie e o sr. Weber se consultaram com o olhar.

– Tirem minhas algemas – repetiu Lupin.

– Respondo por tudo – assegurou o subchefe.

E, acenando para os oito homens que o acompanhavam:

– Arma em punho! Ao primeiro comando, fogo!

Os homens sacaram os revólveres.

– Abaixem as armas e de mãos nos bolsos! – ordenou Lupin.

E, diante da hesitação dos agentes, declarou veementemente:

– Juro por minha honra que estou aqui para salvar a vida de um homem que agoniza e que não vou tentar me evadir.

– Pela honra de Lupin... – murmurou um dos agentes.

Um pontapé seco na perna o fez soltar um grito de dor. Todos os agentes avançaram, cheios de ódio.

– Parem! – gritou o sr. Weber, intervindo. – Vá, Lupin... Vou lhe dar uma hora... Se, em uma hora...

– Não aceito condições – objetou Lupin, intratável.

– Eh! faça o que bem entender, animal! – rosnou o subchefe, exasperado.

E recuou, arrastando seus homens consigo.

– Muito bem – disse Lupin. – Dessa forma, podemos trabalhar tranquilamente.

Ele se sentou numa confortável poltrona, pediu um cigarro, acendeu-o e se pôs a lançar anéis de fumaça em direção do teto, enquanto os outros esperavam com uma

curiosidade que não tentavam dissimular.

Depois de um instante:

– Weber, mande afastar a cama.

A cama foi afastada.
- Retirem todas as cortinas da alcova.
Retiraram as cortinas.
Pairou um longo silêncio. Parecia uma dessas experiências de hipnotismo a que se assiste com ironia misturada com angústia, com sombrio medo das coisas misteriosas que podem acontecer. Talvez veríamos um moribundo surgir do espaço, evocado pelo encantamento irresistível do mágico. Talvez veríamos...
- O quê?! Já! - exclamou o sr. Formerie.
- Aí está - disse Lupin. - Então julga, senhor juiz de instrução, que não penso em nada em minha cela e que pedi para que me trouxessem para cá sem ter algumas ideias precisas sobre a questão?
- E então? - disse o sr. Weber.
- Envie um de seus homens para o painel das campainhas elétricas. Deve estar afixado ao lado da cozinha.
Um dos agentes se afastou.
- Agora aperte o botão da campainha elétrica que se encontra aqui, na alcova, na altura da cama... Bem... Aperte com força... Não solte... Assim mesmo... Agora chame de volta o sujeito que enviamos lá embaixo.
Um minuto depois, o agente voltou para cima.
- Pois bem! Artista, você ouviu a campainha?
- Não.
- Um dos números do painel sinalizou?
- Não.
- Perfeito. Eu não me enganei - disse Lupin. - Weber, por favor, desaparafuse essa campainha, que é falsa, como pode ver... É isso... comece girando a tampinha de porcelana que recobre o botão... Perfeito... E agora, o que é que você vê?

– Uma espécie de funil – replicou Weber. – Parece a extremidade de um tubo.

– Incline-se... aplique a boca a esse tubo, como se fosse um alto-falante.

– Assim mesmo.

– Chame... Chame: "Steinweg!... Alô! Steinweg!" Não precisa gritar... Fale simplesmente... E então?

– Ninguém responde.

– Tem certeza? Escute... Não respondem?

– Não.

– Tanto pior, ele está morto... ou sem condições de responder.

O sr. Formerie exclamou:

– Nesse caso, tudo está perdido.

– Nada está perdido – disse Lupin –, mas vai demorar mais tempo. Esse tubo tem duas extremidades, como todos os tubos; trata-se de segui-lo até a segunda extremidade.

– Mas será necessário demolir toda a casa.

– Não... claro que não... vai ver...

Ele próprio se pôs a trabalhar, cercado por todos os agentes que pensavam, aliás, muito mais em observar o que ele fazia do que em vigiá-lo.

Foi para o outro quarto e, logo em seguida, como havia previsto, viu um tubo de chumbo emergindo de um canto e que subia em direção ao teto, como um cano de água.

– Ah! Ah! – disse Lupin. – Isso sobe!... Nada idiota... Normalmente a gente procura nos porões...

O fio estava descoberto; nada mais a fazer do que deixar-se guiar. Assim, chegaram ao segundo andar, depois ao terceiro, depois às águas-furtadas. E então viram que o teto de uma delas estava perfurado, e que o tubo passava para um sótão muito baixo, que também era perfurado na parte superior.

Ora, acima estava o telhado.

Colocaram uma escada e atravessaram uma claraboia. O telhado era formado por chapas de metal.

– Mas não vê que a pista é ruim – disse o sr. Formerie.

Lupin deu de ombros.

– Nada disso.

– No entanto, se vê que o tubo termina sob as placas de metal.

– Isso prova simplesmente que, entre essas placas de metal e a parte superior do sótão, existe um espaço livre onde encontraremos o que procuramos.

– Impossível!

– Vamos ver. Levantem as placas... Não, aí não... É aqui que o tubo deve desembocar.

Três agentes executaram a ordem. Um deles exclamou:

– Ah! Conseguimos!

Eles se debruçaram. Lupin tinha razão. Sob as placas que uma treliça de ripas de madeira meio podres sustentava, havia um vazio de no máximo um metro de altura, no ponto mais alto.

O primeiro agente que desceu rompeu o assoalho e caiu no sótão.

Foi essencial continuar no telhado com cuidado, ao levantar a chapa.

Um pouco mais adiante havia uma chaminé. Lupin, que ia na frente e acompanhava o trabalho dos agentes, parou e disse:

– Aqui está!

Um homem... melhor, um cadáver... jazia, e dele viram, à claridade profusa do dia, o rosto lívido e convulsionado de dor. Correntes o prendiam a anéis de ferro cravados no corpo da chaminé. Havia duas tigelas perto dele.

– Está morto – disse o juiz de instrução.
– Como é que pode saber? – retrucou Lupin.
Ele se arrastou, com o pé apalpou o assoalho, que nesse local parecia mais firme, e se aproximou do cadáver.
O sr. Formerie e o subchefe imitaram seu exemplo. Depois de examiná-lo um instante, Lupin disse:
– Ele ainda respira.
– Sim – disse o sr. Formerie... – O coração bate bem fraco, mas bate. Acha que podemos salvá-lo?
– Evidentemente! Visto que não está morto... – falou Lupin, com grande confiança.

E ordenou:
– Leite, imediatamente! Leite com água de Vichy. Mais que depressa! E eu respondo por tudo.

Vinte minutos depois, o velho Steinweg abriu os olhos.

Lupin, que estava ajoelhado ao lado dele, sussurrou bem devagar, claramente, de modo que suas palavras ficassem gravadas no cérebro do doente:

– Escute, Steinweg, não revele a ninguém o segredo de Pierre Leduc. Eu, Arsène Lupin, o compro pelo preço que você quiser. Deixe-me agir.

O juiz de instrução tomou Lupin pelo braço e disse gravemente:
– A sra. Formerie?
– A sra. Formerie está livre. Ela o espera com impaciência.
– Como assim?
– Vejamos, senhor juiz de instrução, eu sabia muito bem que o senhor consentiria na pequena expedição que eu lhe propunha. Uma recusa de sua parte não era admissível.
– Por quê?
– A sra. Formerie é muito bonita.

Uma página da história moderna

1

LUPIN ARREMETEU SEUS DOIS PUNHOS VIOLENTAMENTE, direito e esquerdo, depois os trouxe de volta ao peito, repetiu o gesto e outra vez os recolheu.

Esse movimento, que executou trinta vezes seguidas, foi substituído por uma flexão do busto para frente e para trás, flexão que foi seguida por uma elevação alternada das pernas, depois por um movimento circular alternado dos braços.

Isso durou um quarto de hora, o quarto de hora que ele dedicava todas as manhãs, para desenferrujar os músculos, com exercícios de ginástica sueca.

Em seguida, se sentou à mesa, tomou folhas de papel branco, que estavam dispostas em pacotes numerados e, dobrando uma delas, fez um envelope – trabalho que recomeçou com uma série de folhas sucessivas.

Era a tarefa que tinha aceitado e desempenhava todos os dias, porquanto os detentos tinham o direito de escolher os trabalhos que quisessem: colar envelopes, confeccionar ventarolas de papel, bolsas de metal etc.

E dessa forma, enquanto ocupava as mãos num exercício maquinal e relaxava os músculos com flexões mecânicas, Lupin não parava de pensar em seus negócios. O ranger dos ferrolhos, o barulho da fechadura...

– Ah, é você, excelente carcereiro! É esse o minuto da toalete suprema, o corte do cabelo que precede o grande corte final?

– Não – disse o homem.

– A instrução, então? O passeio até o Palácio? Isso me surpreende, porque esse bom sr. Formerie me avisou esses dias que, doravante e por prudência, iria me interrogar em minha própria cela, o que, confesso, contraria meus planos.

– Uma visita para você – disse o homem, em tom lacônico.

"É isso", pensou Lupin.

E enquanto ia para a sala de visitas, dizia a si mesmo:

"E essa agora; se for o que penso, sou mesmo um tipo duro! Em quatro dias, e do fundo de minha masmorra, ter resolvido esse caso, que golpe de mestre!"

Munidos de uma permissão em regra, assinada pelo diretor da primeira divisão da delegacia de polícia, os visitantes são introduzidos nas estreitas celas que servem de parlatório. Essas celas, divididas ao meio por duas grades, separadas por um espaço de cinquenta centímetros, têm duas portas, que dão acesso a dois corredores diferentes. O preso entra por uma porta, e o visitante pela outra. Não podem, portanto, se tocar, nem falar em voz baixa, nem operar a menor troca de objetos entre si. Além disso, em certos casos, um guarda pode assistir à entrevista.

Nesse caso, foi o chefe da guarda que teve essa honra.

– Quem diabos obteve autorização para me visitar? – exclamou Lupin, entrando. – Não é ainda meu dia de receber visitas.

Enquanto o guarda fechava a porta, ele se aproximou da grade e examinou a pessoa que estava atrás da outra grade, e cujos traços discernia confusamente na semiobscuridade.

– Ah! – disse ele, com alegria. – É o sr. Stripani! Que feliz oportunidade!

– Sim, sou eu, meu caro príncipe.

– Não, nada de títulos, lhe suplico, caro senhor. Aqui, renunciei a todas essas futilidades da vaidade humana. Chame-me de Lupin, é mais conveniente.

– Até gostaria, mas foi o príncipe Sernine que eu conheci, foi o príncipe Sernine que me salvou da miséria e que me devolveu a felicidade e a fortuna, e vai compreender que, para mim, você sempre será o príncipe Sernine.

– De fato, sr. Stripani... De fato! Os momentos do chefe da guarda são preciosos e não temos o direito de abusar deles. Em duas palavras, o que o traz?

– O que me traz? Oh, meu Deus, é bem simples! Pareceu-me que você ficaria descontente comigo, se eu recorresse a outro que não a você para completar a obra que você começou. E depois, só você tinha em mãos todos os elementos que lhe permitiram, nessa época, reconstituir a verdade e contribuir para minha salvação. Por conseguinte, só você é capaz de repelir o novo golpe que me ameaça. Foi o que o delegado de polícia entendeu quando lhe expliquei a situação...

– De fato, estava surpreso que você tivesse sido autorizado...

– A recusa era impossível, meu caro príncipe. Sua intervenção é necessária num caso em que estão em jogo tantos interesses, e interesses que não são só meus, mas que dizem respeito às altas figuras que sabe...

Lupin observava o guarda pelo canto do olho. Escutava com viva atenção, com o dorso inclinado, ávido por descobrir o significado secreto das palavras trocadas.

– De modo quê?... – perguntou Lupin.

– De modo que, meu caro príncipe, suplico para que reúna todas as suas lembranças a respeito desse documento impresso, redigido em quatro idiomas, e cujo início pelo menos tinha relação...

Um soco no maxilar, um pouco abaixo da orelha... o chefe da guarda cambaleou dois ou três segundos e, como uma massa, sem um gemido, caiu nos braços de Lupin.

— Belo golpe, Lupin, — disse este. — Foi um trabalho "feito" de forma limpa. Diga, então, Steinweg, você tem clorofórmio?

— Tem certeza de que ele desmaiou?

— E o que me diz! Ele tem três ou quatro minutos, mas isso não seria suficiente.

O alemão tirou do bolso um tubo de cobre, que alongou como um telescópio e em cuja extremidade estava fixado um minúsculo frasco.

Lupin pegou o frasco, derramou algumas gotas num lenço, que aplicou sob o nariz do chefe da guarda.

— Perfeito!... O homem recebeu o que merece...Vou descontar oito ou quinze dias na masmorra como pena..., Mas esses são os pequenos benefícios da profissão.

— E eu?

— Você? O que quer que lhe façam?

— Nossa! O soco...

— Você não tem nada a ver com isso.

— E a autorização para vê-lo? É uma falsificação, muito simplesmente.

— Você não tem nada a ver com isso.

— Mas tirei proveito dela.

— Desculpe! Você deu entrada, anteontem, a um pedido regular em nome de Stripani. Esta manhã, recebeu uma resposta oficial. O resto não é de sua conta. Só meus amigos, que confeccionaram a resposta, podem ser incomodados. Vá ver se eles vêm!...

– E se nos interromperem?

– Por quê?

– Pareceram aterrorizados aqui quando mostrei minha autorização para ver Lupin. O diretor mandou me chamar e a examinou em todos os sentidos. Não tenho dúvidas de que vão telefonar para a delegacia de polícia.

– Tenho certeza disso.

– Então?

– Está tudo previsto, meu velho. Não se preocupe e vamos conversar. Acho que, se veio aqui, é que você sabe do que se trata.

– Sim. Seus amigos me explicaram...

– E você aceita?

– O homem que me salvou da morte pode dispor de mim como bem entender. Por mais serviços que pudesse lhe prestar, continuaria ainda sendo seu devedor.

– Antes de revelar seu segredo, pense na posição em que me encontro... prisioneiro impotente...

Steinweg se pôs a rir:

– Não, por favor, não vamos brincar. Eu tinha revelado meu segredo a Kesselbach, porque ele era rico e podia, melhor do que ninguém, tirar vantagem disso; mas, por mais prisioneiro que seja, e totalmente impotente, eu o considero cem vezes mais forte do que Kesselbach com seus cem milhões.

– Oh! Oh!

– E você sabe muito bem disso! Cem milhões não teriam sido suficientes para descobrir o buraco onde eu agonizava, muito menos para me trazer aqui, por uma hora, diante do prisioneiro impotente que você é. É necessário algo mais. E esse algo mais, você o tem.

– Nesse caso, fale. E vamos prosseguir em ordem. O nome do assassino?

— Isso, impossível.
— Como, impossível? Mas visto que o conhece e que deve me revelar tudo.
— Tudo, mas não isso.
— Contudo...
— Mais tarde.
— Está louco! Mas por quê?
— Não tenho provas. Mais tarde, quando você estiver livre, vamos procurar juntos. Além do mais, para quê! E depois, na verdade, não posso.
— Tem medo dele?
— Sim.
— Não me diga! — disse Lupin. — Afinal, isso não é o mais urgente. Quanto ao resto, está decidido a falar?
— Sobre tudo.
— Pois bem, responda! Como se chama Pierre Leduc?
— Hermann IV, grão-duque de Deux-Ponts-Veldenz, príncipe de Berncastel, conde de Fistingen, senhor de Wiesbaden e de outros lugares.

Lupin estremeceu de alegria ao saber que, definitivamente, seu protegido não era filho de um açougueiro.

— Caramba! — murmurou ele. — Temos mais que títulos!... Pelo que sei, o grão-ducado de Deux-Ponts-Veldenz está na Prússia?

— Sim, na região de Moselle. A casa de Veldenz é uma ramificação da casa palatina de Deux-Ponts. O grão-ducado foi ocupado pelos franceses depois da paz de Lunéville, e fazia parte do departamento de Mont-Tonnerre. Em 1814, foi reconstituído em benefício de Hermann I, bisavô de nosso Pierre Leduc. O filho, Hermann II, teve uma juventude tempestuosa, arruinou-se, dilapidou as finanças de seu país, tornou-se insuportável a seus súditos, que acabaram queimando parcialmente o velho castelo de Veldenz e expulsando o governante de suas propriedades. O grão-ducado foi então administrado e governado por três regentes, em nome de Hermann II, que, anomalia bastante curiosa, não abdicou e manteve seu título de grão-duque reinante. Viveu de maneira pobre em Berlim, mais tarde fez a campanha da França, ao lado de Bismarck, de quem era amigo, foi atingido por um estilhaço no cerco de Paris e, ao morrer, confiou a Bismarck seu filho Hermann... Hermann III.

– O pai, por conseguinte, de nosso Leduc – disse Lupin.

– Sim. Hermann III gozava da predileção do chanceler, que, em várias ocasiões, se serviu dele como enviado secreto junto a personalidades estrangeiras. Com a queda de seu protetor, Hermann III deixou Berlim, viajou e voltou para se estabelecer em Dresden. Quando Bismarck morreu, Hermann III estava lá. Ele próprio morreu dois anos depois. Esses são os fatos públicos, conhecidos de todos na Alemanha, essa é a história dos três Hermann, grão-duques de Deux-Ponts-Veldenz no século XIX.

– Mas o quarto, Hermann IV, aquele que nos interessa?

– Falaremos dele logo mais. Passemos agora aos fatos ignorados.

– E que só você conhece – disse Lupin.

– Só eu e mais alguns outros.

– Como, alguns outros? Então o segredo não foi guardado?

– Sim, sim, o segredo está bem guardado por aqueles que o detêm. Não tenha medo, esses têm todo interesse, posso lhe garantir, em não o divulgar.

– Então! Como o conhece?

– Por um antigo criado e secretário particular do grão-duque Hermann, último desse nome. Esse criado, que morreu em meus braços na Cidade do Cabo, primeiro me confiou que seu mestre tinha se casado clandestinamente e tinha deixado um filho.

Depois me contou o famoso segredo.

– O mesmo que mais tarde você revelou a Kesselbach?
– Sim.
– Fale.

No mesmo instante em que dizia essa palavra, escutaram um ruído de chave na fechadura.

2

– NEM UMA PALAVRA – MURMUROU LUPIN.

Ele se afastou da parede, perto da porta. A porta se abriu. Lupin a fechou violentamente, empurrando um homem, um carcereiro, que soltou um grito.

Lupin o agarrou pela garganta.

– Cale a boca, meu velho. Se reagir, acabou.

Deitou-o no chão.

– Tranquilo? Entende a situação? Sim? Perfeito... Onde está seu lenço? Dê-me os pulsos agora... Bem, estou tranquilo. Escute... Mandaram você por precaução, não é? Para auxiliar o chefe da guarda, em caso de necessidade?... Excelente medida, mas um pouco tardia. Como vê, o chefe da guarda está morto!... Se você se mexer, se chamar, vai acabar da mesma maneira.

Ele tomou as chaves do homem e introduziu uma delas na fechadura.

– Assim, estamos tranquilos.
– De seu lado..., mas do meu? – observou o velho Steinweg.
– Por que viriam?
– Se ouviram o grito que ele deu?
– Não acredito. Mas, em todo caso, meus amigos lhe deram as chaves falsas?
– Sim.
– Então, tape a fechadura... Está feito? Pois bem! Agora temos, no mínimo, dez

bons minutos diante de nós. Veja, meu caro, como as coisas mais difíceis na aparência, na realidade são simples. Basta um pouco de sangue-frio e saber se adequar às circunstâncias. Vamos, não se impressione e converse. Em alemão, sim? É inútil que esse sujeito participe dos segredos de estado de que tratamos. Vá, meu velho, e calmamente. Aqui, estamos em casa.

Steinweg continuou:

– Na mesma noite da morte de Bismarck, o grão-duque Hermann III e seu fiel criado... meu amigo da Cidade do Cabo... tomaram um trem que os levou a Munique... a tempo de tomar o rápido para Viena. De Viena seguiram para Constantinopla, depois para o Cairo, depois para Nápoles, depois para Túnis, depois para a Espanha, depois para Paris, então para Londres, São Petersburgo, Varsóvia... E não pararam em nenhuma dessas cidades. Tomavam um fiacre, carregavam suas duas malas, galopavam pelas ruas, corriam para uma estação próxima ou para o cais, e retomavam o trem ou o navio.

– Resumindo, seguidos, eles procuravam despistar – concluiu Arsène Lupin.

– Uma noite, deixaram a cidade de Trêves, vestidos com jalecos e bonés de operários, um cajado nas costas, com uma trouxa presa na ponta. Percorreram a pé os 35 quilômetros que os separavam de Veldenz, onde fica o velho castelo de Deux-Ponts, ou melhor, as ruínas do velho castelo.

– Nenhuma descrição.

– Durante todo o dia, permaneceram escondidos numa floresta próxima. À noite, se aproximaram das antigas fortificações. Ali, Hermann ordenou que seu criado esperasse por ele, e escalou o muro no local onde havia uma brecha chamada Brèche-au-Loup. Uma hora depois, estava de volta. Na semana seguinte, depois de novas peregrinações, retornava para a casa dele, em Dresden. A expedição tinha terminado.

– E o objetivo dessa expedição?

– O grão-duque não disse nem uma palavra a seu criado. Mas este, por causa de certos detalhes, pela coincidência dos fatos ocorridos, pôde reconstruir a verdade, pelo menos em parte.

– Depressa, Steinweg, o tempo está se esgotando e estou ansioso para saber.

– Quinze dias depois da expedição, o conde Waldemar, oficial da guarda do imperador e um de seus amigos pessoais, se apresentava na casa do grão-duque, acompanhado de seis homens. Ficou lá o dia todo, trancado no escritório do grão--duque. Em várias ocasiões, ouviram-se ruídos de altercações, discussões violentas. Esta frase, inclusive, foi ouvida pelo criado, que passava pelo jardim, sob as janelas: "*Esses papéis lhe foram entregues, Sua Majestade tem certeza disso. Se não quiser me devolvê-los de pleno e bom grado...*" O resto da frase, o sentido da ameaça e de toda a cena, pode ser facilmente adivinhado pela sequência: "*...a casa de Hermann foi revistada de cima a baixo.*"

– Mas era ilegal.

– Teria sido ilegal, se o grão-duque se opusesse, mas ele próprio acompanhou o conde em sua busca.

– E o que procuravam? As memórias do chanceler?

– Melhor que isso. Procuravam um maço de papéis secretos que sabiam existir por meio de indiscrições cometidas e que, com certeza, teriam sido confiados ao grão-duque Hermann.

Lupin estava apoiado com os cotovelos na grade e seus dedos se crispavam em torno das malhas de ferro. Ele murmurou, com voz emocionada:

– Papéis secretos... e muito importantes, sem dúvida?

– Da maior importância. A publicação desses papéis teria resultados que não se pode prever, não somente do ponto de vista da política interna, mas também do ponto de vista das relações exteriores.

– Oh! – repetiu Lupin, todo palpitante... – Oh! É possível! Que prova você tem?

– Que prova? O próprio testemunho da esposa do grão--duque, as confidências que ela fez ao criado após a morte do marido.

– Com efeito... com efeito... – balbuciou Lupin... – É o testemunho do grão-duque que temos.

– Melhor ainda! – exclamou Steinweg.

– O quê?

– Um documento! Um documento escrito de próprio punho, com a assinatura dele e que contém...

– Que contém?

– A lista dos papéis secretos que lhe foram confiados.

– Em duas palavras?...

– Em duas palavras, é impossível. O documento é longo, intercalado de anotações, de observações às vezes incompreensíveis. Deixe-me citar apenas dois títulos que correspondem a dois maços dos papéis secretos: "Cartas originais do Kronprinz a Bismarck." As datas mostram que essas cartas

foram escritas durante o reinado de três meses de Frederico III. Para imaginar o que essas cartas podem conter, lembre-se da doença de Frederico III, suas brigas com o filho...
– Sim... sim... eu sei... e o outro título?
– "Fotografias das cartas de Frederico III e da Imperatriz Vitória à Rainha Vitória da Inglaterra..."
– É isso? É isso?... – disse Lupin, com a garganta apertada.
– Escute as anotações do grão-duque: "Texto do tratado com a Inglaterra e a França." E essas palavras um tanto obscuras: "Alsácia-Lorena... Colônias... Limitação naval..."
– Existe isso – gaguejou Lupin... – E é obscuro, você diz? Palavras deslumbrantes, pelo contrário!... Ah! Será possível!...
Barulho na porta. Bateram.
– Não pode entrar – disse ele –, estou ocupado...
Bateram na outra porta, do lado de Steinweg. Lupin gritou:
– Um pouco de paciência, termino em cinco minutos.
Ele disse ao velho, em tom imperioso:
– Fique tranquilo e continue... Então, segundo você, a expedição do grão-duque e de seu criado ao castelo de Veldenz não tinha outro objetivo senão esconder esses papéis?
– A dúvida não é admissível.
– Que seja. Mas o grão-duque conseguiu retirá-los, depois?
– Não, ele não saiu mais de Dresden até sua morte.
– Mas os inimigos do grão-duque, aqueles que tinham todo interesse em retomá-los e destruí-los, aqueles puderam procurá-los onde estavam, esses papéis?
– A investigação deles realmente os levou até lá.
– Como sabe?
– Deve entender que eu não fiquei inativo e que meu primeiro cuidado, quando essas revelações me foram feitas, foi o de ir para Veldenz e me informar pessoalmente nas aldeias

vizinhas. Ora, fiquei sabendo que, já por duas vezes, o castelo havia sido invadido por uma dúzia de homens vindos de Berlim e credenciados pelos regentes.

– E então?

– E então! Não encontraram nada, porque, desde essa época, a visita ao castelo não é mais permitida.

– Mas quem está impedindo a entrada?

– Uma guarnição de 50 soldados que vigiam dia e noite.

– Soldados do grão-ducado?

– Não, soldados destacados da guarda pessoal do imperador.

Vozes se ergueram no corredor e houve outra batida, chamando o chefe da guarda.

– Ele está dormindo, senhor diretor – disse Lupin, que reconheceu a voz do sr. Borély.

– Abra! Ordeno que abra.

– Impossível, a fechadura está emperrada. Se tenho um conselho a lhe dar é que faça uma incisão ao redor de toda a dita fechadura.

– Abra!

– E o destino da Europa que estamos discutindo, acaso não lhe importa?

Ele se virou para o velho:

– De modo que você não conseguiu entrar no castelo?

– Não.

– Mas você está convencido de que os famosos papéis estão escondidos ali.

– Vejamos! Não lhe dei todas as provas? Não está convencido?

– Sim, sim – murmurou Lupin –, é ali que estão escondidos... não há dúvida... é lá que estão escondidos.

Parecia que ele estava vendo o castelo. Parecia evocar o misterioso esconderijo. E a visão de um tesouro inesgotável, a evocação de cofres repletos de pedras preciosas e riquezas, não o teria emocionado mais do que pensar naqueles pedaços de papel que a guarda do Kaiser vigiava. Que maravilhosa conquista a empreender! E quão digna dele! E como uma vez mais tinha dado prova de clarividência e de intuição lançando-se ao acaso nessa pista desconhecida!

Lá fora, "trabalhavam" na fechadura.

Perguntou ao velho Steinweg:

– De que morreu o grão-duque?

– De uma pleurisia, em poucos dias. Mal foi capaz de recobrar a consciência e o que havia de horrível é que se via, ao que parece, os esforços incríveis que fazia, entre dois acessos de delírio, para reunir suas ideias e pronunciar algumas palavras. De vez em quando ele chamava pela esposa, olhava para ela em desespero e agitava os lábios em vão.

– Enfim, ele falou? – disse bruscamente Lupin, porque o "trabalho" feito em torno da fechadura estava começando a inquietar.

– Não, ele não falou. Mas num minuto mais lúcido, à força de energia, conseguiu traçar sinais sobre uma folha de papel que a esposa lhe alcançou.

– Pois bem! Esses sinais?

– Indecifráveis, na maior parte...

– Na maior parte..., mas os outros? – perguntou Lupin, ansiosamente... – Os outros?

– Há primeiramente três números perfeitamente distintos: um 8, um 1 e um 3...

– 813... sim, eu sei... depois?

– Depois, letras... várias letras, entre as quais não é possível reconstruir com toda a certeza, a não ser um grupo de três e, imediatamente a seguir, um grupo de duas letras.

– "Apoon", não é?
– Ah!, você já sabe...
A fechadura sacudia, porque quase todos os parafusos tinham sido removidos. Lupin perguntou, ansioso subitamente com a ideia de ser interrompido:
– De modo que essa palavra incompleta "Apoon" e esse número 813 são as fórmulas que o grão-duque legou à esposa e ao filho para lhes permitir de encontrar os papéis secretos?
– Sim.
Lupin agarrou a fechadura com as duas mãos para impedir que caísse.
– Senhor diretor, vai acordar o chefe da guarda. Não é nada delicado de sua parte, espere mais um minuto, por favor. Steinweg, o que aconteceu com a esposa do grão-duque?
– Ela morreu, pouco depois do marido, de pesar, se poderia dizer.
– E o filho foi acolhido pela família?
– Que família? O grão-duque não tinha irmãos nem irmãs. Além disso, ele só era casado de forma morganática e em segredo. Não, o filho foi levado pelo velho criado de Hermann, que o criou com o nome de Pierre Leduc. Era um menino muito mau, independente, caprichoso, difícil de conviver. Um dia partiu. Não foi mais visto.
– Ele conhecia o segredo de seu nascimento?
– Sim, e lhe mostraram a folha de papel em que Hermann havia escrito letras e números, 813 etc.
– E essa revelação, posteriormente, só foi feita a você?
– Sim.
– E você só a confiou ao sr. Kesselbach?
– Só a ele. Mas, por prudência, ao mostrar-lhe a folha de sinais e letras, assim como a lista de que lhe falei, guardei

esses dois documentos. Os acontecimentos provaram que eu tinha razão.

– E esses documentos, está com eles?
– Sim.
– Estão em segurança?
– Absoluta.
– Em Paris?
– Não.
– Tanto melhor. Não se esqueça de que sua vida corre perigo e de que está sendo perseguido.
– Eu sei. Ao menor passo em falso, estou perdido.
– Exatamente. Tome, portanto, suas precauções, despiste o inimigo, vá buscar seus papéis e espere minhas instruções. O caso está no caminho certo. Daqui a um mês, no máximo, iremos juntos visitar o castelo de Veldenz.
– Se eu estiver na prisão?
– Vou tirá-lo de lá.
– É possível?
– No dia seguinte ao de minha saída. Não, me engano, na mesma tarde... uma hora depois.
– Então você tem um meio?
– Em dez minutos, sim, e infalível. Não tem nada a me dizer?
– Não.
– Então, abro.

Ele abriu a porta e, inclinando-se diante do sr. Borély:

– Senhor diretor, não sei como me desculpar...

Não terminou. A irrupção do diretor e de três homens não lhe deu tempo.

O sr. Borély estava pálido de raiva e de indignação. A visão dos dois guardas estendidos o sobressaltou.

– Mortos! – exclamou ele.

– Não, não – zombou Lupin. – Veja, este está se movendo. Fale, então, animal.

– Mas o outro? – retomou o sr. Borély, correndo em direção do chefe da guarda.

– Somente adormecido, senhor diretor. Estava muito cansado, então lhe dei alguns momentos de descanso. Eu intercedo em favor dele. Ficaria desolado se esse pobre homem...

– Chega de brincadeiras – disse o sr. Borély, com violência. E, dirigindo-se aos guardas:

– Levem-no de volta para a cela... por enquanto. Quanto a esse visitante...

Lupin não soube mais nada sobre as intenções do sr. Borély em relação ao velho Steinweg. Mas essa era uma questão absolutamente insignificante para ele. Ele levava para sua solidão problemas de interesse muito mais considerável do que o destino do velho. Ele possuía o segredo do sr. Kesselbach.

A grande combinação de Lupin

1

PARA SEU GRANDE ESPANTO, ELE FOI POUPADO DA SOLITÁRIA. O sr. Borély, pessoalmente, veio lhe dizer, algumas horas depois, que achava a punição inútil.

– Mais do que inútil, diretor, perigosa – replicou Lupin...
– Perigosa, inapropriada e revoltante.
– E em quê? – perguntou o sr. Borély, que, decididamente, cada vez mais, seu detento o inquietava.
– Nisso, senhor diretor. O senhor está chegando neste momento da delegacia de polícia, onde contou a quem de direito a revolta do detido Lupin e onde exibiu a autorização de visita concedida ao sr. Stripani. Sua desculpa foi de todo simples, pois, quando o sr. Stripani lhe apresentou a permissão, você teve a precaução de telefonar para a delegacia e manifestar sua surpresa, e que, na delegacia, lhe responderam que a autorização era perfeitamente válida.

– Ah!, você já sabe...
– Tanto melhor o sei, porque foi um de meus agentes que lhe respondeu na delegacia. Imediatamente, e a seu pedido, investigação imediata de quem de direito, o qual descobre que a autorização nada mais é do que uma falsificação comprova-

da... estão procurando quem a fez... e fique tranquilo, não vão descobrir nada...

O sr. Borély sorriu, em forma de protesto.

– Então – continuou Lupin –, interrogam meu amigo Stripani, que não tem dificuldade em confessar seu nome verdadeiro, Steinweg! Será possível! Mas, nesse caso, o prisioneiro Lupin teria conseguido introduzir alguém na prisão da Santé e conversar com ele por uma hora! Que escândalo! Melhor abafá-lo, não é? Liberam o sr. Steinweg e enviam o sr. Borély como embaixador ao prisioneiro Lupin, com todos os poderes para comprar seu silêncio. É verdade, senhor diretor?

– Absolutamente verdadeiro! – disse o sr. Borély, que resolveu brincar para disfarçar seu embaraço. – Poder-se-ia acreditar que você tem o dom da dupla visão. Então aceita nossas condições?

Lupin caiu na gargalhada.

– Quer dizer que eu subscrevo seus pedidos! Sim, senhor diretor, tranquilize esses senhores da delegacia. Vou me calar. Afinal, tenho vitórias suficientes em meu ativo para lhes conceder o favor de meu silêncio. Não vou fazer nenhuma comunicação à imprensa... pelo menos sobre esse assunto.

Era para se reservar a liberdade de fazer outras sobre outros assuntos. Toda a atividade de Lupin, de fato, iria convergir para esse duplo objetivo: corresponder-se com seus amigos e, por meio deles, conduzir uma dessas campanhas de imprensa em que era insuperável.

Além disso, desde o momento de sua prisão, ele tinha dado as instruções necessárias aos irmãos Doudeville, e estimava que os preparativos estivessem prestes a serem concluídos.

Todos os dias, se dedicava conscienciosamente à confecção dos envelopes com o material que todas as manhãs lhe era entregue em pacotes numerados e que eram retirados todas as noites, dobrados e colados.

Ora, sendo a distribuição dos pacotes numerados operada sempre da mesma maneira entre os presos que tinham optado por esse tipo de trabalho, inevitavelmente, o pacote destinado a Lupin tinha de ter o mesmo número de ordem todos os dias.

Com a experiência, o cálculo deu certo. Tudo o que restava era subornar um dos funcionários da empresa privada encarregada do fornecimento e da expedição dos envelopes.

Foi fácil.

Lupin, certo do sucesso, esperava, portanto, tranquilamente que o sinal, acertado entre seus amigos e ele, aparecesse na folha superior do pacote.

O tempo, além disso, corria rápido. Por volta do meio-dia, ele recebia a visita diária do sr. Formerie e, na presença do dr. Quimbel, seu advogado, testemunha taciturna, Lupin era submetido a um interrogatório rigoroso.

Era sua alegria. Tendo acabado de convencer o sr. Formerie de sua não participação no assassinato do barão Altenheim, tinha confessado ao juiz de instrução crimes absolutamente imaginários e as investigações imediatamente ordenadas pelo sr. Formerie levavam a resultados apavorantes, a erros escandalosos, em que o público reconhecia o toque pessoal do grande mestre da ironia, que era Lupin.

Pequenos jogos inocentes, como ele dizia. Não deveriam se divertir?

Mas a hora das ocupações mais sérias se aproximava. No quinto dia, Arsène Lupin notou no pacote que lhe entregaram o sinal acordado, uma marca de unha, que atravessava a segunda folha.

– Finalmente – disse ele –, conseguimos.

Tirou de um esconderijo um minúsculo frasco, destapou-o, umedeceu a ponta do dedo indicador com o líquido que continha e passou o dedo sobre a terceira folha do pacote.

Depois de um momento, rabiscos apareceram, depois letras, depois palavras e frases.

Leu:

Tudo vai bem. Steinweg livre. Esconde-se na província. Geneviève Ernemont com boa saúde. Ela vai com frequência ao Hotel Bristol ver a sra. Kesselbach doente. Lá, sempre se encontra com Pierre Leduc. Responda pelo mesmo meio. Nenhum perigo.

Assim, pois, as comunicações com o exterior estavam estabelecidas. Mais uma vez os esforços de Lupin eram coroados de sucesso. Agora só tinha de executar seu plano, analisar as confidências do velho Steinweg e conquistar sua liberdade por meio de uma das mais extraordinárias e geniais combinações que teriam brotado em seu cérebro.

E três dias depois, essas poucas linhas apareciam no *Grand Journal*:

"*Além das memórias de Bismarck, que, segundo pessoas bem informadas, não contêm senão a história oficial dos eventos em que o grande chanceler esteve envolvido, há uma série de cartas confidenciais de considerável interesse.*

Essas cartas foram encontradas. Sabemos de boa fonte que vão ser publicadas brevemente."

Todos se lembram da repercussão que essa nota enigmática levantou no mundo inteiro, os comentários que suscitou, as suposições emitidas, em particular as polêmicas da imprensa alemã. Quem havia inspirado essas linhas? De que cartas se tratava? Que pessoas as tinham escrito ao chanceler, ou quem as tinha recebido dele? Seria uma vingança póstuma? Ou uma indiscrição cometida por um correspondente de Bismarck? Uma segunda nota fixou a opinião em determinados pontos, mas excitando-a mais ainda e de forma estranha.

Era assim redigida:

"Santé-Palace, cela 14, 2ª divisão.

Senhor diretor do Grand Journal.

O senhor inseriu em sua edição de terça-feira última um pequeno artigo redigido segundo algumas palavras que me escaparam na outra noite, no decorrer de uma palestra que proferi na Santé sobre política externa. Esse parágrafo, verdadeiro em suas partes essenciais, entretanto, requer uma pequena correção. As cartas existem e ninguém pode contestar sua excepcional importância, pois, há dez anos, são objeto de pesquisas ininterruptas por parte do governo interessado. Mas ninguém sabe onde elas estão e ninguém conhece uma única palavra do que elas contêm...

O público, tenho certeza, não gostaria que eu o deixasse esperando, antes de satisfazer sua legítima curiosidade. Além de não ter em mãos todos os elementos necessários para a busca da verdade, minhas ocupações atuais não me permitem dedicar a esse assunto o tempo que gostaria.

Tudo o que posso dizer no momento é que essas cartas foram confiadas pelo moribundo a um de seus amigos mais leais, e que esse amigo, posteriormente, teve de sofrer as pesadas consequências de seu devotamento. Espionagem, buscas domiciliares, nada lhe foi poupado.

Ordenei aos dois melhores agentes de minha polícia secreta que retomassem essa pista desde seu início, e não tenho dúvidas de que dentro de dois dias estarei em condições de desvendar esse mistério fascinante.
Assinado: Arsène Lupin."

Então era Arsène Lupin quem conduzia o caso! Era ele que, das profundezas de sua prisão, encenava a comédia ou a tragédia anunciada na primeira nota. Que aventura! Alegravam-se todos. Com um artista como ele, o espetáculo não poderia deixar de ser pitoresco e imprevisto.

Três dias depois, aparecia no *Grand Journal*:

"O nome do amigo dedicado a que me referi me foi revelado. Trata-se do grão-duque Hermann III, príncipe reinante (embora deposto) do grão-ducado de Deux-Ponts-Veldenz, e confidente de Bismarck, de quem era grande amigo.
Uma busca foi feita em sua casa pelo conde W... acompanhado de doze homens. O resultado dessa busca foi negativo, mas a prova não foi menos estabelecida de que o grão-duque estava de posse dos papéis.
Onde os tinha escondido? Essa é uma pergunta que provavelmente ninguém no mundo poderia responder no momento presente.
Peço 24 horas para resolvê-la.
Assinado: Arsène Lupin."

De fato, 24 horas depois, a nota prometida apareceu:

"As famosas cartas estão escondidas no castelo feudal de Veldenz, capital do grão-ducado de Deux-Ponts, propriedade parcialmente devastada durante o século XIX.
Em que lugar exatamente? E o que são precisamente essas car-

tas? *Esses são os dois problemas que me ocupo em decifrar e dos quais exporei a solução dentro de quatro dias.*

Assinado: Arsène Lupin."

No dia anunciado, brigava-se por um exemplar do *Grand Journal*. Para decepção de todos, as informações prometidas não estavam lá. No dia seguinte, o mesmo silêncio, e no outro dia também. O que tinha acontecido?

Soube-se por uma indiscrição cometida na delegacia de polícia. O diretor da Santé tinha sido avisado, ao que parece, que Lupin se comunicava com seus cúmplices através dos pacotes de envelopes que confeccionava. Nada pôde ser descoberto, mas, por via das dúvidas, o insuportável detento foi proibido de trabalhar. Ao que o insuportável detento havia replicado:

– Uma vez que não tenho mais nada a fazer, cuidarei de meu processo. Previnam meu advogado, o presidente da Ordem dos Advogados, Dr. Quimbel.

Era verdade. Lupin, que até agora havia recusado qualquer conversa com o sr. Quimbel, consentia em recebê-lo e em preparar sua defesa.

2

JÁ NO DIA SEGUINTE, O DR. QUIMBEL, TODO ALEGRE, CHAMAVA Lupin ao parlatório dos advogados.

Era um homem idoso, que usava óculos cujas lentes de aumento lhe tornavam os olhos enormes. Pôs o chapéu na mesa, abriu a pasta e imediatamente fez uma série de perguntas que havia preparado cuidadosamente.

Lupin respondeu com extrema complacência, até mesmo se perdendo numa infinidade de detalhes, que o dr. Quimbel anotava imediatamente em fichas pregadas umas sobre as outras.

– E então – continuou o advogado, com a cabeça inclinada sobre o papel – você diz que nessa época...

– Digo que nessa época... – replicava Lupin. Insensivelmente, com pequenos gestos, totalmente naturais, ele apoiava os cotovelos na mesa. Baixou o braço aos poucos, enfiou a mão por baixo do chapéu do dr. Quimbel, introduziu o dedo no interior da fita de couro e apanhou uma daquelas tiras de papel dobradas em sentido longitudinal, que são inseridas entre o couro e o forro quando o chapéu é largo demais.

Desdobrou o papel. Era uma mensagem de Doudeville, redigida em caracteres combinados.

"Fui contratado como camareiro do dr. Quimbel. Você pode me responder sem temor da mesma maneira.

Foi L... M... o assassino, que denunciou o truque dos envelopes. Felizmente você tinha previsto o golpe!"

Seguia-se um relato minucioso de todos os fatos e comentários suscitados pelas divulgações de Lupin.

Lupin tirou do bolso uma tira de papel semelhante, contendo suas instruções, substituindo cuidadosamente a outra, e retirou a mão para junto de si. O truque estava feito.

E a correspondência de Lupin com o *Grand Journal* foi retomada sem mais demora.

"Peço desculpas ao público por ter quebrado minha promessa. O serviço postal de Santé-Palace é deplorável.

Além disso, estamos chegando ao fim. Tenho em mãos todos os documentos que comprovam a verdade com bases indiscutíveis. Vou esperar para publicá-los. Que *se saiba, no entanto, o seguinte: entre as cartas há algumas que foram dirigidas ao chanceler por aquele que então se declarava aluno e admirador dele, e que, vários anos depois, devia se livrar desse tutor incômodo e governar a si mesmo. Estou me fazendo entender de modo suficiente?"*

E no dia seguinte:

"Essas cartas foram escritas durante a doença do último imperador. Será preciso dizer mais de sua imensa importância?"

Quatro dias de silêncio, e depois essa última nota, cuja repercussão não foi esquecida:

"Minha investigação acabou. Agora sei tudo. Pensado bem, adivinhei o segredo do esconderijo.

Meus amigos irão para Veldenz e, apesar de todos os obstáculos, entrarão no castelo por uma entrada que eu lhes indicar.

Os jornais publicarão então a fotografia dessas cartas, de que já conheço o conteúdo, mas que desejo reproduzir na íntegra.

Essa publicação certa e inevitável acontecerá em duas semanas, isto é, no dia 22 de agosto próximo.

Até lá, eu me calo e espero."

Os comunicados ao *Grand Journal* foram, de fato, interrompidos, mas Lupin não deixou de se corresponder com seus amigos, por meio "do chapéu", como diziam entre si. Era tão simples! Não havia perigo. Quem poderia alguma vez pensar que o chapéu do dr. Quimbel serviu de caixa de correio para Lupin?

A cada duas ou três manhãs, a cada visita, o famoso advogado trazia fielmente a correspondência de seu cliente, cartas de Paris, cartas das províncias, cartas da Alemanha, tudo isso reduzido, condensado por Doudeville, em fórmulas breves e em linguagem cifrada.

E uma hora depois, o dr. Quimbel levava com toda a seriedade as ordens de Lupin.

Mas um dia, o diretor da Santé recebeu uma mensagem telefônica de L... M..., avisando-o que o dr. Quimbel devia, com toda a probabilidade, servir de carteiro inocente para Lupin, e que seria de real interesse vigiar as visitas do homem.

O diretor advertiu o dr. Quimbel, que resolveu ir acompanhado de seu secretário.

Assim, mais uma vez, apesar de todos os esforços de Lupin, apesar de sua fecundidade de invenção, apesar dos milagres de engenhosidade que renovava depois de cada derrota, mais uma vez Lupin se via separado do mundo exterior pelo gênio infernal de seu formidável adversário.

E ele se via isolado no momento mais crítico, no minuto solene em que, do fundo de sua cela, jogava seu último trunfo contra as forças da coalizão que o acabrunhavam tão terrivelmente.

No dia 13 de agosto, enquanto estava sentado diante dos dois advogados, sua atenção foi atraída para um jornal que embrulhava certos papéis do dr. Quimbel. Como manchete, em números destacados: "813".

Como subtítulo:

"Um novo assassinato. A agitação na Alemanha. O segredo de Apoon poderia ser descoberto?"

Lupin empalideceu de angústia. Abaixo, tinha lido estas palavras:

"*Dois telegramas sensacionais nos chegaram na última hora.*

Foi encontrado, perto de Augsburg, o cadáver de um ancião degolado a golpes de faca. A identidade dele pôde ser estabelecida: é o sr. Steinweg, que esteve envolvido no caso Kesselbach.

Por outro lado, telegrafaram-nos que o famoso detetive inglês, Herlock Sholmes, fora enviado com urgência à Colônia. Ali, vai se encontrar com o imperador e, de lá, se dirigirão ao castelo de Veldenz.

Herlock Sholmes teria assumido o compromisso de descobrir o segredo do Apoon.

Se ele obtiver sucesso, esse será o malogro implacável da incompreensível campanha que Arsène Lupin mantém há um mês de maneira tão estranha."

3

NUNCA, TALVEZ, A CURIOSIDADE PÚBLICA FOI TÃO SACUDIDA como pelo anunciado duelo entre Sholmes e Lupin, duelo invisível nas atuais circunstâncias, anônimo, poder-se-ia dizer, mas duelo impressionante por todo o escândalo que estava ocorrendo em torno da aventura e pela parada que disputavam os dois inimigos irreconciliáveis, que se opunham mais uma vez.

E não se tratava de pequenos interesses particulares, roubos insignificantes, miseráveis paixões individuais, mas de um caso verdadeiramente mundial, em que a política de três grandes nações do Ocidente estava envolvida e que poderia perturbar a paz do universo.

Não esqueçamos que nessa época a crise no Marrocos já estava aberta. Uma faísca, e seria a conflagração.

Esperava-se, portanto, ansiosamente, e não se sabia exatamente o que se esperava. Porque, enfim, se o detetive saísse vencedor do duelo, se encontrasse as cartas, quem o saberia? Que prova teríamos desse triunfo?

No fundo, esperava-se apenas por Lupin, com seu conhecido hábito de tomar o público como testemunha de seus atos. O que ele iria fazer? Como poderia conjurar o terrível perigo que o ameaçava? Tinha, pelo menos, conhecimento disso?

Entre as quatro paredes de sua cela, o detento nº 14 se fazia quase as mesmas perguntas e não era uma vã curiosidade que o estimulava, mas uma inquietude real, uma angústia de todos os instantes.

Ele se sentia irrevogavelmente sozinho, com mãos impotentes, uma vontade impotente, um cérebro impotente. Mesmo sendo hábil, engenhoso, destemido, heroico, isso de nada adiantava. A luta se travava longe dele. Agora seu papel tinha acabado. Ele havia montado as peças e instalado todas as molas da grande máquina que devia produzir, e precisava de alguma forma fabricar mecanicamente sua liberdade, e era impossível para ele fazer qualquer movimento para aperfeiçoar e supervisionar sua obra. Na data fixada, o gatilho haveria de disparar. Até lá, mil incidentes contrários podiam surgir, mil obstáculos podiam se levantar, sem que ele tivesse o meio de combater esses incidentes e de remover esses obstáculos.

Lupin conheceu então as horas mais dolorosas de sua vida. Duvidou de si mesmo. Perguntou-se se sua existência não seria enterrada no horror da prisão.

Não se havia enganado em seus cálculos? Não era infantilidade acreditar que, em determinada data, o evento libertador ocorreria?

– Loucura! – exclamou ele – Meu raciocínio está errado... Como admitir tal concurso de circunstâncias? Haverá um pequeno fato que vai destruir tudo... o grão de areia...

A morte de Steinweg e o desaparecimento dos documentos que o velho devia lhe enviar não o perturbavam. A rigor, teria sido possível para ele dispensar os documentos e, só com as poucas palavras que Steinweg lhe havia dito, ele poderia, à força de adivinhação e de gênio, reconstituir o que continham as cartas do imperador e traçar o plano de batalha que lhe daria a vitória. Mas ele pensava em Herlock Sholmes, que estava lá, o próprio, no centro do campo de batalha, e que procurava, e que haveria de encontrar as cartas, demolindo assim o edifício tão pacientemente construído.

E pensava no *outro*, no inimigo implacável, emboscado em torno da prisão, escondido na própria prisão, talvez, e que adivinhava seus planos mais secretos, antes mesmo que eclodissem no mistério de seu pensamento.

Dia 17 de agosto... 18 de agosto... 19... Ainda dois dias... Dois séculos, melhor dizendo! Oh, os intermináveis minutos! Normalmente tão calmo, tão senhor de si, tão engenhoso em se entreter, Lupin estava febril, por vezes exuberante e deprimido, sem forças contra o inimigo, desconfiando de tudo, lento.

No dia 20 de agosto...

Ele teria gostado de agir, mas não podia. Por mais que fizesse, era-lhe impossível adiantara hora do desfecho. Esse desfecho teria lugar ou não, mas Lupin não teria certeza antes que a última hora do último dia tivesse passado até o último minuto.

Só então ele saberia do fracasso definitivo de sua combinação.

– Fracasso inevitável – não cessava de repetir. – O sucesso depende de circunstâncias muito sutis, e só pode ser alcançado por meios psicológicos... Não há dúvida de que me iludo sobre o valor e o alcance de minhas armas... E, no entanto...

A esperança lhe retornava. Pesava suas chances. De repente, lhe pareciam reais e formidáveis. O fato iria acontecer como havia previsto e pelas mesmas razões que havia preposto. Era inevitável...

Sim, inevitável. A menos, no entanto, que Sholmes encontrasse o esconderijo...

E novamente pensava em Sholmes, e novamente um imenso desânimo o acabrunhava.

No último dia...

Acordou tarde, depois de uma noite de pesadelos.

Não viu ninguém nesse dia, nem o juiz de instrução, nem seu advogado.

A tarde se arrastou, lenta e morna, e a noite chegou, a noite tenebrosa das celas...Teve febre. Seu coração dançava em seu peito como um animal desvairado.

E os minutos passaram, irreparáveis...

Às 9 horas, nada. Às 10 horas, nada.

Com todos os seus nervos retesados como a corda de um arco, escutava os ruídos indistintos da prisão, tentava captar através dessas paredes inexoráveis tudo o que pudesse surgir da vida exterior.

Oh, como teria gostado de deter a marcha do tempo e deixar ao destino um pouco mais de ócio!

Mas para quê! Não estava tudo acabado?

– Ah! – exclamou ele. – Estou ficando louco. Que tudo acabe de vez!... É muito melhor. Vou recomeçar de outra forma... vou tentar outra coisa..., mas não posso mais, não aguento mais.

Segurava a cabeça com as duas mãos, apertando-a com toda a força, encerrando-se em si mesmo e concentrando todo o seu pensamento num único objeto, como se quisesse criar o acontecimento formidável, espantoso e inadmissível ao qual havia ligado sua independência e sua fortuna.

É primordial que isso aconteça – murmurou ele. – É essencial, e é indispensável, não porque eu quero, mas porque é lógico. E assim será... assim será...

Bateu na cabeça com os punhos, e palavras de delírio brotaram de seus lábios...

A fechadura rangeu. Em sua raiva, não tinha ouvido o rumor de passos no corredor, e eis que, de repente, um raio de luz penetrava na cela e a porta se abria.

Três homens entraram.

Lupin não ficou surpreso nem por um instante.

O inaudito milagre estava acontecendo e isso lhe pareceu imediatamente natural, normal, de perfeito acordo com a verdade e a justiça.

Mas uma onda de orgulho o inundou. Na verdade, nesse minuto, teve a nítida sensação de sua força e de sua inteligência.

– Devo acender a luz? – perguntou um dos três homens, em quem Lupin reconheceu o diretor da prisão.

– Não – respondeu o mais alto de seus companheiros com sotaque estrangeiro... – Essa lanterna é suficiente.

– Devo sair?

– Faça como é de seu dever, senhor – respondeu o mesmo indivíduo.

– De acordo com as instruções que me foram dadas pelo delegado de polícia, devo me conformar inteiramente a seus desejos.

– Nesse caso, senhor, é preferível que se retire.

O sr. Borély saiu, deixando a porta entreaberta, e permaneceu do lado de fora, ao alcance da voz.

O visitante se entreteve um pouco com aquele que ainda não havia falado, e Lupin tentava em vão distinguir suas fisionomias na sombra. Só via silhuetas negras, vestidas com amplos mantos de automobilistas e usando bonés com as abas abaixadas.

– Você é mesmo Arsène Lupin? – perguntou o homem, apontando a luz da lanterna para o rosto dele.

Ele sorriu.

– Sim, eu me chamo Arsène Lupin, atualmente detido na Santé, cela 14, segunda divisão.

– Foi realmente você – continuou o visitante – que publicou, no *Grand Journal*, uma série de notas mais ou menos fantasiosas, em que se trata de assim chamadas cartas...

Lupin o interrompeu:

– Perdão, senhor, mas antes de continuar essa conversa, cujo objetivo, entre nós, não parece muito claro, eu lhe ficaria muito grato se pudesse me dizer com quem tenho a honra de falar.

– Absolutamente inútil – respondeu o estranho.

– Absolutamente indispensável – afirmou Lupin.

– Por quê?

– Por razões de polidez, senhor. Sabe meu nome e eu não sei o seu; há nisso uma falta de correção que não consigo tolerar.

O estranho ficou impaciente.

– O simples fato de que o diretor dessa prisão nos tenha apresentado prova...

– De que o sr. Borély ignora as conveniências – disse Lupin. – O sr. Borély devia nos apresentar um ao outro. Aqui somos iguais, senhor. Não há um superior e um subalterno, um prisioneiro e um visitante que condescende em vê-lo. Há dois homens, e um desses homens tem um chapéu na cabeça, que não deveria ter.

— Ah, essa agora! Mas...

— Aceite a lição como melhor lhe convier, senhor — disse Lupin.

O estranho se aproximou e quis falar.

— O chapéu primeiro — insistiu Lupin. — O chapéu...

— Você vai me escutar!

— Não.

— Sim.

— Não.

As coisas estavam se envenenando estupidamente. Aquele dos dois estranhos que estava calado, pôs a mão no ombro do companheiro e disse-lhe em alemão:

— Deixe isso comigo.

— Como! Foi acertado...

— Cale-se e saia daqui.

— Quer que o deixe sozinho!...

— Sim.

— Mas e a porta?...

— Você vai fechá-la e vai embora...

— Mas esse homem... você o conhece... Arsène Lupin...

— Vá embora!

O outro saiu praguejando.

— Puxe a porta — gritou o segundo visitante... — Melhor que isso... Totalmente... Bem...

Então ele se virou, tomou a lanterna e a ergueu aos poucos.

— Devo lhe dizer quem sou? — perguntou ele.

— Não — respondeu Lupin.

— E por quê?

– Porque já sei.
– Ah!
– Você é aquele que eu esperava.
– Eu!
– Sim, Sire[1].

---

1. Título de tratamento que se dava aos soberanos da França; significa "Senhor" (N.T.)

Carlos Magno

1

– SILÊNCIO – DISSE VIVAMENTE O ESTRANHO. – NÃO PRONUNCIE essa palavra.
 – Como devo chamar Vossa...?
 – De nenhum nome.

Ambos se calaram e esse momento de trégua não era daqueles que precedem a luta de dois adversários prontos para combater. O estranho ia e vinha, como senhor acostumado a comandar e a ser obedecido. Lupin, imóvel, não tinha mais sua atitude usual de provocação e seu sorriso irônico. Esperava, de rosto sério. Mas, no fundo de seu ser, ardente e loucamente, gostava da situação prodigiosa em que se encontrava, ali, nessa cela de prisioneiro, ele detento, ele o aventureiro, ele o vigarista e o ladrão, ele, Arsène Lupin... e, à sua frente, esse semideus do mundo moderno, entidade formidável, herdeiro de César e de Carlos Magno.

Seu próprio poder o embriagou por um momento. Brotaram-lhe lágrimas dos olhos, ao pensar em seu triunfo.

O estranho se deteve.

E logo em seguida, desde a primeira frase, tocaram o ponto central da situação.

– Amanhã é 22 de agosto. As cartas devem ser publicadas amanhã, não é?

– Ainda esta noite. Em duas horas, meus amigos devem entregar ao *Grand Journal*, não as cartas ainda, mas a lista exata dessas cartas, anotada pelo grão-duque Hermann.
– Essa lista não será entregue.
– Não o será.
– Vai entregá-la a mim.
– Ela será entregue nas mãos de Vossa... em suas mãos.
– Todas as cartas também.
– Todas as cartas também.
– Sem que nenhuma tenha sido fotografada.
– Sem que nenhuma tenha sido fotografada.

O estranho falava com uma voz calma, sem a menor nuance de súplica, sem a menor inflexão de autoridade. Não ordenava nem questionava: enunciava os atos inevitáveis de Arsène Lupin. Seria assim. E assim seria, quaisquer que fossem as exigências de Arsène Lupin, qualquer que fosse o preço que pedisse pela realização desses atos. As condições eram aceitas de antemão.

"Droga", pensou Lupin, "estou lidando com um adversário forte. Se apelar para minha generosidade, estou perdido."

A própria maneira como a conversa era conduzida, a franqueza das palavras, a sedução da voz e dos modos, tudo lhe agradava infinitamente.

Ele se enrijeceu para não fraquejar e não abrir mão de todas as vantagens que havia conquistado tão duramente.

E o estranho retomou a conversa:
– Você leu essas cartas?
– Não.
– Mas alguém dos seus as leu?
– Não.
– Então?

– Tenho a lista e as anotações do grão-duque. Além disso, conheço o esconderijo onde ele colocou todos os seus papéis.

– Por que não os retirou ainda?

– Só fiquei sabendo do segredo do esconderijo depois de chegar aqui. Atualmente meus amigos estão a caminho.

– O castelo está guardado: duzentos de meus homens mais confiáveis o ocupam.

– Dez mil não seriam suficientes.

Depois de um minuto de reflexão, o visitante perguntou:

– Como ficou sabendo do segredo?

– Eu o adivinhei.

– Mas você tinha outras informações, elementos que os jornais não publicaram?

– Nada.

– No entanto, durante quatro dias, mandei vasculhar o castelo...

– Herlock Sholmes procurou mal.

– Ah! – disse o estranho para si mesmo. – É estranho... bizarro... E você tem certeza de que sua suposição está correta?

– Não é suposição, é certeza.

– Tanto melhor, tanto melhor – murmurou ele... – Só haverá tranquilidade quando esses papéis não existirem mais.

E, parando bruscamente diante de Arsène Lupin:

– Quanto?

– O quê? – perguntou Lupin, surpreso.

– Quanto pelos papéis? Quanto custa a revelação do segredo? Esperava uma cifra. Ele mesmo propôs:

– Cinquenta mil... cem mil?...

E como Lupin não respondesse, ele disse, com um pouco de hesitação:

– Mais? Duzentos mil? Que seja! Aceito.

Lupin sorriu e disse em voz baixa:
– O montante é atraente. Mas não é provável que determinado monarca, digamos o rei da Inglaterra, chegasse até um milhão? Com toda a sinceridade?
– Acredito que sim.
– E que essas cartas, para o imperador, não têm preço, que valem tanto dois milhões como duzentos mil francos... tanto três milhões como dois milhões?
– Acho que sim.
– E, *se necessário*, o imperador daria esses três milhões?
– Sim.
– Então o acordo será fácil.
– Nessa base? – exclamou o estranho, não sem inquietação.
– Nessa base, não... Não estou procurando dinheiro. É outra coisa o que desejo, outra coisa que vale muito mais para mim do que milhões.
– O quê?
– A liberdade.
O estranho se sobressaltou:
– Hein!? Sua liberdade..., mas eu nada posso fazer... Isso diz respeito a seu país... à justiça... Não tenho nenhum poder.
Lupin se aproximou e, baixando mais a voz:
– Tem todo o poder, Sire... Minha liberdade não é um acontecimento tão excepcional a que se deva opor uma recusa.
– Teria então de pedi-la?
– Sim.
– A quem?
– A Valenglay, presidente do Conselho de ministros.
– Mas o próprio sr. Valenglay não pode mais do que eu...
– Ele pode me abrir as portas dessa prisão.
– Seria um escândalo.

– Quando digo: abrir... entreabrir me bastaria... Simularíamos uma fuga... o público espera tanto por isso que não exigiria nenhuma prestação de contas.

– Que seja... que seja... Mas o sr. Valenglay jamais vai consentir...

– Ele vai consentir.

– Por quê?

– Porque o senhor iria lhe expressar o desejo.

– Meus desejos não são ordens para ele.

– Não, mas entre governos, são coisas que se fazem. E Valenglay é muito político...

– Vamos lá, você acha que o governo francês vai cometer um ato tão arbitrário pela simples alegria de me agradar?

– Essa alegria não será a única.

– Qual será a outra?

– A alegria de servir à França ao aceitar a proposta que acompanhará o pedido de liberdade.

– Vou ter de fazer uma proposta, eu?

– Sim, Sire.

– Qual?

– Não sei, mas me parece que sempre há um terreno favorável para se entender... há possibilidades de acordo...

O estranho o olhava, sem compreender. Lupin se inclinou para frente e, como se procurasse as palavras, como se estivesse imaginando uma hipótese, disse:

– Suponho que os dois países estejam divididos por uma questão insignificante... que tenham um ponto de vista diferente sobre um caso secundário... um caso colonial, por exemplo, em que está em jogo o amor-próprio mais do que os próprios interesses... Será impossível que o chefe de um desses países chegue, por iniciativa própria, a tratar desse assunto com um novo espírito de conciliação?... e dar as instruções necessárias... para...

— Para que eu deixe o Marrocos para a França — disse o estranho, desatando a rir.

A ideia que Lupin sugeria-lhe parecia a coisa mais engraçada do mundo, e ele ria com gosto. Havia tal desproporção entre a meta a atingir e os meios oferecidos!

— Evidentemente... evidentemente... — disse o estranho, tentando em vão retomar um ar sério — evidentemente a ideia é original... Toda a política moderna revirada para que Arsène Lupin obtenha a liberdade! Os planos do Império destruídos, para permitir que Arsène Lupin continue com suas façanhas!... Não, mas por que você não me pede a Alsácia e a Lorena?[2(2)]

— Pensei nisso, Sire — disse Lupin.

O estranho deu livre curso a seu riso.

— Admirável! E você deixou que eu ficasse com essa região?

— Por essa vez, sim.

Lupin tinha cruzado os braços. Ele também se divertia exagerando seu papel, depois continuou com seriedade afetada:

— Um dia poderá surgir uma série de circunstâncias que eu chegue a ter em minhas mãos o poder de *reivindicar* e *obter* essa restituição. Certamente, não vou perder esse dia. Por enquanto, as armas de que disponho me obrigam a ser mais modesto. A paz do Marrocos me basta.

— Nada mais que isso?

— Só isso.

---

2. Região da França, situada na fronteira com a Alemanha. Depois da guerra franco-alemã de 1870, a Alsácia-Lorena passou a pertencer à Alemanha até 1918, ano em que foi devolvida à França. O território da região voltou a ser ocupado pela Alemanha entre 1940 e 1944; terminada a guerra, porém, retornou à França (N.T.).

— O Marrocos por sua liberdade?

— Nada mais... ou melhor, pois não se deve perder de vista o próprio objeto dessa conversa, ou melhor: um pouco de boa vontade por parte de um dos dois grandes países em questão... e, em troca, a cessão das cartas que estão em meu poder.

— Essas cartas!... Essas cartas!... – sussurrou o estranho, irritado... – Além de tudo, talvez não sejam de um valor...

— Está em suas mãos, Sire, e certamente atribuiu a essas cartas valor suficiente para vir até mim nesta mísera cela.

— Pois bem! O que importa?

— Mas há outras, cuja proveniência não conhece, e sobre as quais posso fornecer algumas informações.

— Ah! – respondeu o estranho, com ar inquieto.

Lupin hesitou.

— Fale, fale sem rodeios – ordenou o estranho... – Fale com clareza.

No profundo silêncio, Lupin declarou com certa solenidade:

— Vinte anos atrás, um projeto de tratado foi elaborado entre a Alemanha, a Inglaterra e a França.

— Está errado! É impossível! Quem teria podido?...

— O pai do atual imperador e a rainha da Inglaterra, sua avó, ambos sob a influência da Imperatriz.

— Impossível! Repito que é impossível!

— A correspondência está no esconderijo do castelo de Veldenz, esconderijo de que sou o único a saber o segredo.

O estranho ia e vinha, agitado.

Ele parou e disse:

— O texto do tratado faz parte dessa correspondência?

— Sim, Sire. É do próprio punho de seu pai.

— E o que diz?

— Por esse tratado, a Inglaterra e a França concediam e

prometiam à Alemanha um imenso império colonial, esse império que ela não tem e que lhe é indispensável hoje para garantir sua grandeza, suficientemente grande para que ela abandone seus sonhos de hegemonia e se resigne a não ser... senão o que ela é.
— E em troca desse império, a Inglaterra exigia?
— A limitação da frota alemã.
— E a França?
— A Alsácia e a Lorena.
O imperador ficou calado, encostado na mesa, pensativo. Lupin prosseguiu:
— Tudo estava pronto. Os gabinetes de Paris e de Londres, consultados, aquiesciam. Era coisa feita. O grande tratado de aliança estava para ser concluído, fundamentando a paz universal e definitiva. A morte de seu pai aniquilou esse belo sonho. Mas pergunto à Vossa Majestade o que seu povo vai pensar, o que o mundo vai pensar quando se souber que Frederico III, um dos heróis de 70[3], um alemão, um alemão puro-sangue, respeitado por todos os seus concidadãos e até por seus inimigos, aceitava e, por conseguinte, considerava justa a restituição da Alsácia-Lorena?

Ele se calou por um momento, deixando o problema ser colocado em termos precisos diante da consciência do imperador, diante de sua consciência de homem, de filho e de soberano.

Então ele concluiu:

---

3. A Guerra Franco-Prussiana ocorreu entre o Império Francês e o Reino da Prússia em 1870-71. A França foi derrotada e o império caiu, substituído pela III República francesa. Além disso, os franceses tiveram que pagar indenizações à Prússia e ceder parte do seu território. Já o Reino da Prússia foi o grande vitorioso.

– Cabe à Vossa Majestade dizer se quer ou não que a história registre esse tratado. Quanto a mim, Sire, pode ver que minha humilde pessoa não tem muito espaço nesse debate.

Um longo silêncio se seguiu às palavras de Lupin. Esperou, de alma angustiada. Era seu destino que estava sendo jogado nesse minuto que havia concebido e que, de certa forma, havia dado à luz com tanto esforço e tanta obstinação... Minuto histórico nascido de seu cérebro, e onde sua "humilde pessoa", qualquer coisa que dissesse, pesava muito sobre o destino dos impérios e sobre a paz do mundo...

Diante dele, na sombra, César meditava.

O que iria dizer? Que solução daria ao problema?

Andou pela cela durante alguns instantes, que pareceram intermináveis para Lupin.

Depois parou e disse:

– Há outras condições?

– Sim, Sire, mas insignificantes.

– Quais?

– Encontrei o filho do grão-duque de Deux-Ponts-Veldenz. O grão-ducado lhe será restituído.

– E então?

– Ele ama uma jovem que o ama igualmente, a mais bela e mais virtuosa das mulheres. Ele vai se casar com essa jovem.

– E depois?

– É tudo.

– Não há mais nada?

– Nada. Tudo o que resta à Vossa Majestade é entregar esta carta ao diretor do *Grand Journal* para que destrua, sem ler, o artigo que vai receber a qualquer momento.

Lupin estendeu a carta, de coração apertado, a mão trêmula. Se o imperador a tomasse, era o sinal de sua aceitação.

O imperador hesitou; depois, com um gesto furioso, tomou a carta, repôs o chapéu, envolveu-se em sua vestimenta e saiu sem dizer palavra.

Lupin permaneceu cambaleando por alguns segundos, como se estivesse aturdido...

Então, de repente, caiu em sua cadeira, gritando de alegria e orgulho...

2

– Senhor juiz de instrução, é hoje que tenho o pesar de lhe apresentar minhas despedidas.

– Como, sr. Lupin, então teria a intenção de nos deixar?

– Com relutância, senhor juiz, pode ter certeza, pois nossas relações eram de uma cordialidade encantadora. Mas não há prazer sem fim. Minha cura no Santé-Palace terminou. Outros deveres me chamam. É crucial que eu fuja esta noite.

– Boa sorte, então, sr. Lupin.

– Muito obrigado, senhor juiz de instrução.

Arsène Lupin esperou então, pacientemente, pela hora de sua fuga, não sem se perguntar como se efetuaria e por que meios a França e a Alemanha, unidas para essa obra meritória, conseguiriam realizá-la sem muito escândalo.

No meio da tarde, o guarda mandou que ele fosse para o pátio de entrada. Ele foi, bem disposto, e encontrou o diretor, que o entregou ao sr. Weber, e o senhor Weber o fez embarcar em um automóvel, onde já havia alguém sentado.

Logo em seguida, Lupin teve um ataque de riso.

– Como? É você, meu pobre Weber, é você que faz a tarefa! É você que será responsável por minha evasão? Confesse que você não tem sorte! Ah, meu pobre velho, que contratempo! Famoso por minha prisão, agora será imortalizado por minha evasão.

Olhou para o outro personagem.

– Ora, veja só, senhor delegado de polícia, também está no negócio? Belo presente que lhe deram, hein? Se pudesse lhe dar um conselho, seria o de que ficasse nos bastidores. A Weber, toda a honra! Isso lhe cabe de direito. É duro na queda, esse sujeito!

Corriam celeremente ao longo do rio Sena e por Boulogne. Em Saint-Cloud, atravessaram.

– Perfeito – exclamou Lupin. – Vamos a Garches! Precisam de mim para reconstituir a morte de Altenheim. Vamos descer aos subterrâneos, eu vou desaparecer, e vão dizer que sumi por outra saída, que só eu conheço. Deus! Que coisa idiota!

Ele parecia desolado

– Idiota, o último idiota! Coro de vergonha... E aí estão as pessoas que nos governam!... Que época! Mas infelizes, deveriam falar comigo. Eu lhes teria preparado um tipo de evasão à escolha, como se fosse milagrosa. Está claro em meus fichários! O público teria vibrado com o prodígio e teria estremecido de contentamento. Em vez disso... Enfim, é verdade que foram colhidos de surpresa... Mas mesmo assim...

O programa era exatamente como Lupin o tinha previsto. Entraram pela casa de repouso até o pavilhão Hortense. Lupin e seus dois companheiros desceram e atravessaram o subterrâneo. Ao fim, o subchefe lhe disse:

– Você está livre.

– E aí está! – disse Lupin. – Não é nada mais que isso! Todos os meus agradecimentos, meu caro Weber, e minhas desculpas pelo transtorno. Senhor delegado, meus respeitos à sua senhora.

Subiu novamente as escadas que conduziam à Villa das Glicínias, ergueu o alçapão e saltou para dentro do cômodo.

Uma mão se abateu sobre seu ombro.

À sua frente estava seu primeiro visitante da véspera, aquele que acompanhava o imperador. Quatro homens o flanqueavam à direita e à esquerda.

– Ah, isso agora! Mas – disse Lupin – que brincadeira é essa? Então, não estou livre?

– Sim, sim – rosnou o alemão com sua voz rude. – Você está livre... livre para viajar com todos os cinco... se isso lhe convier.

Lupin o contemplou por um segundo, louco de vontade de lhe mostrar o valor de um soco no nariz.

Mas os cinco homens pareciam diabolicamente decididos. Seu líder não tinha por ele uma ternura exagerada e chegou a pensar que o folgado haveria de ficar muito feliz se tivesse de empregar medidas extremas. E, enfim, depois de tudo, o que lhe importava?

Disse, em tom irônico:

– Sim, plenamente de acordo! Era mesmo meu sonho!

No pátio, uma limusine estava esperando. Dois homens subiram na frente, dois outros no meio. Lupin e o estranho sentaram-se no banco de trás.

– A caminho – gritou Lupin, em alemão –, a caminho de Veldenz.

O conde lhe disse:

– Silêncio! Essas pessoas não devem saber de nada. Fale francês. Eles não entendem. Mas para que falar?

"De fato", pensou Lupin, "para que falar?"

Durante toda a tarde e toda a noite viajaram sem nenhum incidente. Abasteceram duas vezes em pequenas cidades adormecidas.

Em turnos, os alemães vigiaram seu prisioneiro, que só abriu os olhos de madrugada.

Pararam para a primeira refeição em uma pousada situada em uma colina, perto da qual havia um poste de sinalização. Lupin viu que estavam a igual distância de Metz e de Luxemburgo. De lá, rumaram por uma estrada que seguia para nordeste, do lado de Trêves.

Lupin disse a seu companheiro de viagem:

– É mesmo ao conde Waldemar que tenho a honra de falar, ao confidente do imperador, àquele que fez buscas na casa de Hermann III, em Dresden?

O estranho permaneceu mudo.

"Você, meu pequeno", pensou Lupin, "você tem uma cabeça que não me agrada. Vai me pagar por isso, algum dia. Você é feio, você é gordo, você é enorme; em resumo, você me desagrada."

E acrescentou em voz alta:

– O senhor conde está errado em não me responder. Eu falava no interesse dele: vi, no momento em que embarcávamos, um automóvel que surgia atrás de nós no horizonte. Você o viu?

– Não, por quê?

– Por nada.

– Contudo...

– Não, absolutamente nada... uma simples observação... Além disso, temos dez minutos de dianteira... e nosso carro tem pelo menos quarenta cavalos de potência.

– Sessenta – disse o alemão, que o observou com o canto do olho, inquieto.

– Oh!, então estamos tranquilos.
Subiram uma pequena ladeira. Bem no alto, o conde se inclinou para fora da porta.
– Que diabos! – praguejou ele.
– O quê? – perguntou Lupin.
O conde voltou-se para ele e, com uma voz ameaçadora:
– Cuidado... Se algo acontecer, tanto pior.
– Eh! Eh! Parece que o outro está se aproximando... Mas de que tem medo, meu caro conde? Ele é, sem dúvida, um viajante... talvez até mesmo alguma ajuda enviada a você.
– Não preciso de ajuda – rosnou o alemão.
Ele se debruçou para fora de novo. O carro estava a apenas duzentos ou trezentos metros de distância.
Ele disse a seus homens, apontando para Lupin:
– Amarrem-no! E se ele resistir...
E sacou o revólver.
– Por que eu haveria de resistir, doce teutão? – zombou Lupin.
E acrescentou, enquanto lhe amarravam as mãos:
– É verdadeiramente curioso ver como as pessoas tomam precauções quando é inútil e não tomam quando é necessário. Que diabos pode fazer esse auto? Cúmplices meus? Que ideia!
Sem responder, o alemão dava ordens ao motorista:
– À direita!... Desacelere... Deixe-os passar...Se eles desacelerarem também, pare!
Mas, para seu espanto, o carro parecia, ao contrário, redobrar de velocidade. Como uma tromba, passou à frente, numa nuvem de poeira.
De pé, na parte de trás do carro, que estava em parte descoberto, distinguia-se a forma de um homem vestido de preto.
Ele levantou o braço.

Dois tiros ressoaram.

O conde, que cobria toda a porta esquerda, desabou no carro.

Antes mesmo de cuidar dele, os dois companheiros pularam sobre Lupin e acabaram de amarrá-lo.

– Imbecis! Estúpidos! – gritou Lupin, tremendo de raiva... Pelo contrário, soltem-me! Vamos, não veem que estamos parando! Mas triplos idiotas, corram atrás dele... Agarrem-no!... É o homem de preto... o assassino... Ah! Imbecis!...

Eles o amordaçaram. Então trataram do conde. O ferimento não parecia grave e foi rapidamente tratado. Mas o paciente, muito agitado, foi acometido de um ataque de febre e começou a delirar.

Eram 8 horas da manhã. Estavam em campo aberto, longe de qualquer aldeia. Os homens não tinham nenhuma indicação sobre o objetivo exato da viagem. Para onde ir? A quem prevenir?

Estacionaram o carro ao lado de um bosque e esperaram.

O dia inteiro se passou assim. Somente à noite é que um pelotão de cavalaria chegou, enviado de Trêves à procura do automóvel.

Duas horas mais tarde, Lupin descia da limusine e, sempre escoltado por seus dois alemães, subia, à luz de uma lanterna, os degraus de uma escada que levava a um

pequeno quarto com janelas gradeadas.

Nele passou a noite.

Na manhã seguinte, um oficial o conduziu, através de um pátio lotado de soldados, até o centro de uma longa série de edifícios que terminava no sopé de um monte, onde se percebiam ruínas monumentais.

Ele foi introduzido num vasto cômodo, sumariamente

mobiliado. Sentado na frente de uma mesa, seu visitante da antevéspera estava lendo jornais e relatórios, que sublinhava com densos traços de um lápis vermelho.

– Deixem-nos a sós – disse ele ao oficial.

E, aproximando-se de Lupin:

– Os papéis.

O tom não era mais o mesmo. Agora era o tom imperioso e seco do patrão, que está em casa e que se dirige a um inferior... e que inferior! Um vigarista, um aventureiro da pior espécie, diante do qual tinha sido forçado a se humilhar!

– Os papéis– repetiu ele.

Lupin não se perturbou. Disse calmamente:

– Estão no castelo de Veldenz.

– Estamos nas dependências do castelo de Veldenz.

– Os papéis estão nessas ruínas.

– Vamos! Leve-me até o local.

Lupin não se moveu.

– Pois então?

– Pois bem! Sire, não é tão simples como possa julgar. Demora algum tempo para pôr em jogo os elementos necessários para a abertura desse esconderijo.

– De quantas horas precisa?

– Vinte e quatro.

Um gesto de ira, rapidamente reprimido.

– Ah! isso não foi tratado entre nós.

– Nada foi especificado, Sire... tampouco a pequena viagem que Vossa Majestade me obrigou a fazer entre seis guarda-costas. Devo entregar os papéis, isso é tudo.

– E eu só devo lhe dar a liberdade contra a entrega desses papéis.

– Questão de confiança, Sire. Eu teria pensado que estava

realmente obrigado a entregar esses papéis, se tivesse sido libertado, ao sair da prisão; e Vossa Majestade pode ter certeza de que eu não os teria levado debaixo do braço. A única diferença é que eles já estariam em seu poder, Sire. Porque perdemos um dia. E um dia, nesse caso... é um dia a mais... Somente, pode ver, era imperativo ter confiança.

O imperador olhava com certo espanto para esse desclassificado, esse bandido que parecia aborrecido porque desconfiavam de sua palavra.

Sem responder, tocou uma campainha.

– O oficial de serviço – ordenou ele.

O conde Waldemar apareceu, muito pálido.

– Ah! É você, Waldemar? Está recuperado?

– Às suas ordens, Sire.

– Tome cinco homens com você... os mesmos, visto que confia neles. Não vai deixar esse... senhor até amanhã de manhã.

Olhou para o relógio.

– Até amanhã de manhã, 10 horas... Não, vou lhe dar até meio-dia. Você irá aonde ele quiser ir, fará o que ele lhe disser para fazer. Finalmente, você está à disposição dele. Ao meio-dia, vou encontrá-lo. Se, na última badalada do meio-dia, ele não tiver me trazido o maço de cartas, você o colocará de volta no carro e, sem perder um segundo, o levará direto de volta à prisão da Santé.

– Se ele procurar se evadir...

– Dê um jeito.

Ele saiu.

Lupin apanhou um charuto da mesa e se jogou numa poltrona.

– Muito bem! Prefiro essa forma de agir. É franco e categórico.

O conde tinha mandado entrar seus homens. Disse a Lupin:

– Em marcha!
Lupin acendeu o charuto e não se mexeu.
– Amarre as mãos dele! – ordenou o conde.
E, quando a ordem foi executada, ele repetiu:
– Vamos... em marcha!
– Não.
– Como não?
– Estou pensando.
– Em quê?
– No lugar onde pode estar esse esconderijo.
O conde se sobressaltou.
– Como? Não sabe?
– Claro! – zombou Lupin – E é o que há de mais emocionante na aventura; não tenho a mínima ideia sobre esse famoso esconderijo, nem os meios para descobri-lo. Hein, o que me diz, meu caro Waldemar? Engraçado, isso... não tenho a menor ideia...

As cartas do imperador

1

AS RUÍNAS DE VELDENZ, BEM CONHECIDAS DE TODOS AQUELES que visitam as margens do Reno e do Mosela, compreendem os vestígios do antigo castelo feudal, construído em 1277 pelo arcebispo de Fistingen e, ao lado de uma enorme fortaleza, destruída pelas tropas de Turenne, as paredes intactas de um vasto palácio renascentista onde os grão-duques de Deux--Ponts viveram por três séculos.

Esse palácio foi saqueado pelos súditos rebeldes de Hermann II. As janelas, vazias, abrem duzentos buracos nas quatro fachadas. Todo o trabalho em madeira, as tapeçarias, a maior parte da mobília foram queimadas. Caminhamos sobre as vigas carbonizadas dos assoalhos, e o céu aparece aqui e acolá através dos tetos demolidos.

Depois de duas horas, Lupin, seguido por sua escolta, havia percorrido tudo.

– Estou muito contente com o senhor, meu caro conde. Acho que nunca conheci um cicerone tão documentado e, o que é raro, tão taciturno. Agora, se estiver de acordo, vamos almoçar.

No fundo, Lupin não sabia mais do que no primeiro minuto e seu embaraço não parava de crescer. Para sair da prisão e impressionar a imaginação de seu visitante, ele tinha blefado, fingindo conhecer tudo, e ainda estava tentando descobrir por onde começaria a procurar.

"As coisas vão mal", dizia às vezes para si mesmo, "vão muito mal."

Além disso, não tinha sua lucidez habitual.

Uma ideia o obcecava, a do desconhecido, do assassino, do monstro que ele bem sabia que seguia seus passos.

Como esse misterioso personagem estava em seu encalço? Como tinha sabido de sua saída da prisão e de sua corrida para Luxemburgo e para a Alemanha? Seria uma intuição milagrosa? Ou o resultado de informações precisas? Mas, então, a que preço, por quais promessas ou por que ameaças podia obtê-las?

Todas essas perguntas assombravam o espírito de Lupin.

Por volta das 4 horas, porém, depois de nova caminhada pelas ruínas, durante a qual havia examinado inutilmente as pedras, medido a espessura das muralhas, perscrutado a forma e a aparência das coisas, ele perguntou ao conde:

– Não resta nenhum criado do último grão-duque que tenha morado no castelo?

– Todos os criados daquela época se dispersaram. Apenas um continuou a viver na região.

– Pois bem?

– Ele morreu há dois anos.

– Sem filhos?

– Teve um filho que se casou e foi expulso, assim como sua esposa, por conduta escandalosa.

Eles deixaram sua filha mais nova, uma menina chamada Isilda.

– Onde mora essa menina?

– Mora aqui, no final das casas dos serviçais. O velho avô servia de guia para os visitantes, na época em que se podia visitar o castelo. A pequena Isilda, desde então, sempre viveu nessas ruínas, onde é tolerada por piedade: é uma pobre criatura inocente que quase não fala e que não sabe o que diz.

– Sempre foi assim?

– Parece que não. Foi por volta dos 10 anos de idade que sua razão foi desaparecendo aos poucos.

– Como resultado de uma dor, de um medo?

– Não, sem motivo, disseram-me. O pai era alcoólatra e a mãe se matou num ataque de loucura.

Lupin refletiu e concluiu:

– Eu gostaria de vê-la.

O conde sorriu de modo bastante estranho.

– Pode vê-la, com certeza.

Ela estava justamente num dos cômodos que haviam sido abandonados.

Lupin ficou surpreso ao encontrar uma criatura meiga, muito magra, muito pálida, mas quase bonita, com seus cabelos loiros e corpo delicado. Seus olhos, de um verde-mar, tinham a expressão vaga e sonhadora, olhos de cego.

Ele lhe fez algumas perguntas, que Isilda não respondeu, e outras que foram respondidas com frases incoerentes, como se não entendesse nem o significado das palavras que lhe eram dirigidas, nem o das palavras que pronunciava.

Ele insistiu, tomando-lhe a mão com muita delicadeza e perguntando-lhe, com voz carinhosa, sobre a época em que ainda conservava a razão, sobre o avô, sobre as lembranças que pudessem lhe relembrar a infância, em liberdade entre as majestosas ruínas do castelo.

Ela se calava, de olhos fixos, impassível, talvez comovida, mas sem que sua emoção pudesse despertar sua inteligência adormecida.

Lupin pediu lápis e papel. Com o lápis, escreveu na folha branca "813".

O conde continuava sorrindo.

– Ah! Ora essa! Do que está rindo? – exclamou Lupin, irritado.

– Nada... nada... isso me interessa... isso me interessa muito...

A menina olhou para a folha que lhe era estendida e virou a cabeça distraidamente.

– Isso não resolve nada – disse o conde, com um sorriso malicioso.

Lupin escreveu as letras "Apoon".

Mesma desatenção de Isilda.

Ele não desistiu do teste e traçou as mesmas letras várias vezes, mas em cada vez deixando intervalos variados entre elas. E toda vez observava o rosto da jovem.

Ela não se mexia, os olhos fixos no papel com uma indiferença que nada parecia perturbar.

Mas, de repente, tomou o lápis, arrancou a última folha das mãos de Lupin, e, como se estivesse sob súbita inspiração, escreveu dois "l", no meio do intervalo deixado por Lupin.

Este estremeceu.

Uma palavra foi formada: *Apollon* (Apolo).

Ela, no entanto, não tinha largado o lápis e a folha e, com os dedos cerrados, feições tensas, se esforçava para subjugar a mão ao comando hesitante de seu pobre cérebro.

Lupin esperava, extremamente ansioso.

Ela rabiscou rapidamente, como alucinada, uma palavra, a palavra "Diana".

– Outra palavra!... Outra palavra! – exclamou ele, com violência.

Ela torceu os dedos em volta do lápis, ficou com o semblante carregado, desenhou com a ponta um J maiúsculo e soltou o lápis sem forças.

– Outra palavra! Eu a quero! – ordenou Lupin, agarrando-a pelo braço.

Mas viu nos olhos dela, novamente indiferentes, que esse lampejo fugaz de sensibilidade não podia mais brilhar.

– Vamos embora – disse ele.

Já estava se afastando, quando ela se pôs a correr e lhe cortou o caminho. Ele se deteve.

– O que é que você quer?

Ela estendeu a mão aberta.

– O quê! Dinheiro? Então, é hábito dela mendigar? – perguntou ele, dirigindo-se ao conde.

– Não – respondeu este – nem sei como explicar essa atitude...

Isilda tirou duas moedas de ouro do bolso e as fez tilintar alegremente.

Lupin as examinou.

Eram moedas francesas, novas em folha, da passagem do ano.

– Onde você conseguiu isso? – exclamou Lupin, animado...

– Moedas francesas! Quem as deu a você?... E quando?... Foi hoje? Fale!... Responda!

Ele deu de ombros.

Imbecil que sou! Como se ela pudesse me responder!... Meu caro conde, por favor, me empreste 40 marcos... Obrigado... Tome Isilda, são para você...

Ela tomou as duas moedas, as fez tilintar com as outras duas na palma da mão, depois, estendendo o braço, apontou para as ruínas do palácio Renascença, com um gesto que parecia indicar mais especificamente a ala esquerda e o topo dessa ala.

Era um movimento mecânico? Ou deveria ser considerado como um agradecimento pelas duas moedas de ouro?

Ele observou o conde. Este não parava de sorrir.

"O que é que tem esse animal para se divertir?", pensou Lupin. "Seria de acreditar que está se divertindo às minhas custas."

Totalmente ao acaso, ele se dirigiu para o palácio, seguido de sua escolta.

O andar térreo se compunha de enormes salas de recepção, que se comunicavam entre si e onde tinham reunido os poucos móveis que haviam escapado do incêndio.

No primeiro andar, do lado norte, havia uma longa galeria para a qual se abriam doze belas salas exatamente iguais.

A mesma galeria se repetia no segundo andar, mas com 24 quartos, também semelhantes entre si. Tudo isso vazio, dilapidado, lamentável.

No alto, nada. As águas-furtadas tinham sido consumidas pelo fogo.

Durante uma hora, Lupin caminhou, trotou, galopou, infatigável, de olhar à espreita.

Ao cair da noite, correu para uma das doze salas do primeiro andar, como se a escolhesse por razões particulares, que só ele sabia.

Ficou bastante surpreso ao encontrar o imperador ali fumando, sentado numa poltrona que ele mesmo havia mandado trazer.

Sem se importar com sua presença, Lupin

começou a inspeção da sala, seguindo os procedimentos que costumava empregar em casos semelhantes, dividindo a peça em setores que ele examinava alternadamente.

Depois de vinte minutos, disse:

– Vou pedir-lhe, Sire, que se digne deslocar-se. Ali há uma lareira...

O imperador meneou a cabeça.

– É realmente necessário que me desloque?

– Sim, Sire, essa lareira...

– Essa lareira é como todas as outras, e essa sala não é diferente das vizinhas.

Lupin olhou para o imperador sem entender. Este se levantou e disse, rindo:

– Tudo me leva a acreditar, sr. Lupin, que andou se divertindo um pouco às minhas custas.

– De que modo, Sire?

– Oh, meu Deus, não é grande coisa! Obteve a liberdade sob a condição de me entregar papéis que me interessam e não tem a menor ideia do local em que se encontram. Estou mesmo... como é que vocês dizem em francês?... Enrolado?

– Assim o julga, Sire?

– Ora! O que se sabe não se procura e já são dez boas horas que anda procurando. Não concorda que um retorno imediato à prisão se impõe?

Lupin pareceu estupefato:

– Vossa Majestade não estabeleceu amanhã ao meio-dia como limite supremo?

– Para que esperar?

– Por quê? Mas para me permitir completar meu trabalho.

– Seu trabalho? Mas ainda nem começou, sr. Lupin.

– Nisso, Vossa Majestade se engana.

– Prove-o... e vou esperar até amanhã ao meio-dia.

Lupin refletiu e disse gravemente:

– Visto que Vossa Majestade precisa de provas para confiar em mim, aqui está. As doze salas que dão para esta galeria cada uma leva um nome diferente, com a inicial estampada em cada porta. Uma dessas inscrições, menos apagada do que as outras pelas chamas, me impressionou enquanto eu atravessava a galeria. Examinei as outras portas; descobri, quase indistintas, tantas iniciais, todas gravadas na galeria acima dos frontões.

"Ora, uma dessas iniciais era um D, a primeira letra de Diana. Outra era um A, primeira letra de *Apollon* (Apolo). E esses são nomes de divindades mitológicas. As outras iniciais teriam a mesma característica? Eu descobri um J, inicial de Júpiter; um V, inicial de Vênus, um M, inicial de Mercúrio; um S, inicial de Saturno etc. Essa parte do problema estava resolvida: cada uma das doze salas tem o nome de uma divindade do Olimpo, e a combinação *Apoon*, completada por Isilda, designa a sala de Apolo.

É aqui, portanto, na sala em que estamos, que as cartas estão escondidas. Bastam, talvez, alguns minutos agora para descobri-las."

– De alguns minutos ou de alguns anos... e ainda! – disse o imperador, rindo.

Ele parecia estar se divertindo muito, e o conde também mostrava grande alegria.

Lupin perguntou:

– Vossa Majestade pode me explicar?

– Sr. Lupin, a fascinante investigação que realizou hoje e da qual nos dá os brilhantes resultados, eu já a fiz. Sim, duas semanas atrás, na companhia de seu amigo Herlock Sholmes. Juntos, interrogamos a pequena Isilda; juntos empregamos, com ela, o mesmo método que você, e foi juntos que levantamos as iniciais da galeria e que viemos aqui para a sala *Apollon*.

Lupin estava lívido. Balbuciou:

– Ah! Sholmes... chegou... até aqui?...

– Sim, depois de quatro dias de buscas. É verdade que isso não nos adiantou muito, pois não descobrimos nada. Mesmo assim, sei que as cartas não estão aqui.

Tremendo de raiva, ferido no mais profundo de seu orgulho, Lupin se revoltou diante da ironia, como se tivesse sido atingido por uma chicotada. Ele nunca se havia sentido humilhado até esse ponto. Em sua fúria, teria estrangulado o gordo Waldemar, cuja risada o exasperava.

Contendo-se, disse:

– Sholmes precisou de quatro dias, Sire. Para mim, foram suficientes algumas horas. E eu teria demorado menos ainda, se não tivesse sido contrariado em minhas buscas.

– E por quem, meu Deus? Por meu fiel conde? Espero que não tenha ousado...

– Não, Sire, mas pelo mais terrível e mais poderoso de meus inimigos, por esse ser infernal que matou seu cúmplice Altenheim.

– Ele está aqui? Acha que está? – exclamou o imperador, com uma agitação que mostrava que nenhum detalhe dessa dramática história lhe era estranho.

– Ele está em todo lugar em que eu esteja. Ele me ameaça com seu ódio constante. Foi ele que me descobriu sob o nome de sr. Lenormand, chefe da Segurança, foi ele que me jogou na prisão, foi ele ainda que me perseguiu no dia em que saí da prisão. Ontem, pensando me atingir no automóvel, feriu o conde Waldemar.

– Mas quem lhe garante, quem lhe disse que ele está em Veldenz?

– Isilda recebeu duas moedas de ouro, duas moedas francesas!

– E o que ele viria fazer? Com que objetivo?

– Não sei, senhor, mas é o próprio espírito do mal. Que Vossa Majestade tenha cuidado! Ele é capaz de tudo.

– Impossível! Tenho duzentos homens nessas ruínas. Ele não pôde entrar. Teria sido visto.

– Alguém fatalmente o viu.
– Quem?
– Isilda.
– Que seja interrogada! Waldemar, leve seu prisioneiro para a casa dessa jovem.

Lupin mostrou suas mãos amarradas.

– A batalha vai ser dura. Posso lutar assim?

O imperador disse ao conde:

– Desamarre-o... E mantenha-me informado...

Assim, pois, num brusco esforço, ao mesclar ousadamente ao debate, sem prova alguma, o abominável fantasma do assassino, Arsène ganhava tempo e retomava a direção das buscas.

"Mais dezesseis horas", disse a si mesmo. "É mais do que preciso."

Chegou à sala ocupada por Isilda, na extremidade das antigas dependências dos serviçais, edifícios que serviam de quartel para os duzentos guardas das ruínas, e cuja ala esquerda, essa precisamente, era reservada aos oficiais.

Isilda não estava lá.

O conde enviou dois de seus homens para procurá-la. Voltaram. Ninguém tinha visto a jovem.

Ela, contudo, não tinha podido passar pelo circuito das muralhas das ruínas. Quanto ao palácio Renascença, estava, por assim dizer, ocupado por metade das tropas, e ninguém poderia entrar.

Por fim, a mulher de um tenente, que morava no alojamento ao lado, declarou que não havia saído da janela e garantia que a menina não tinha deixado a casa.

– Se ela não saiu – exclamou Waldemar –, estaria aqui, mas não está.

Lupin observou:
- Existe um andar acima?
- Sim, mas desse quarto ao andar de cima não há escada.
- Sim, há uma escada.

Apontou para uma pequena porta aberta para um recesso escuro. Na penumbra, se podia ver os primeiros degraus de uma escadaria, íngremes como os de uma escada móvel.

- Por favor, meu caro conde - disse ele a Waldemar, que queria subir -, deixe para mim essa honra.
- Por quê?
- É perigoso.

Disparou escada acima e, em seguida, saltou para um sótão estreito e baixo.

Deixou escapar um grito:
- Oh!
- O que há? - perguntou o conde, surgindo por sua vez.
- Aqui... no chão... Isilda...

Ele se ajoelhou, mas logo no primeiro exame, reconheceu que a garota estava simplesmente aturdida, e que não tinha sinais de ferimentos, exceto alguns arranhões nos pulsos e nas mãos.

Em sua boca, formando uma mordaça, havia um lenço.

- Isso mesmo - disse ele. - O assassino estava aqui com ela. Quando chegamos, ele lhe deu um soco e a amordaçou para que não pudéssemos ouvir os gemidos.
- Mas por onde ele fugiu?
- Por ali... olhe... Há um corredor que liga todos os sótãos do primeiro andar.
- E dali?
- Dali desceu pela escada de um dos alojamentos.
- Mas o teriam visto!

– Bah! Será? Esse ser é invisível. Não importa! Envie seus homens para levantar informações. Que vasculhem todos os sótãos e todos os alojamentos do térreo!

Hesitou. Deveria, ele também, ir em perseguição do assassino?

Mas um barulho o trouxe de volta para a jovem. Ela havia se levantado e uma dúzia de moedas de ouro rolaram de suas mãos. Ele as examinou. Todas eram francesas.

– Vamos – disse ele –, não me havia enganado. Apenas, por que tanto ouro? Em recompensa de quê?

De repente, viu um livro no chão e se abaixou para recolhê-lo. Mas com um movimento rápido, a garota se precipitou, agarrou o livro e o apertou contra si com uma energia selvagem, como se ela estivesse pronta para defendê-lo contra qualquer coisa.

– É isso – disse ele –, moedas de ouro foram oferecidas pelo volume, mas ela se recusa a se desfazer dele. Daí os arranhões em suas mãos. O interessante seria saber por que o assassino queria ter esse livro. Teria conseguido percorrer suas páginas, antes?

Disse a Waldemar:

– Meu caro conde, dê ordens, por favor...

Waldemar fez um sinal. Três de seus homens se atiraram sobre a garota e, após uma luta encarniçada em que a infeliz bateu os pés com raiva e se contorceu sobre si mesma, soltando gritos, o volume lhe foi arrancado.

– Fique tranquila, menina – dizia Lupin – Fique calma... É por uma boa causa, tudo isso... Vigiem-na! Durante esse tempo, vou examinar o objeto da disputa.

Era, numa velha encadernação datada de pelo menos um século, um tomo desemparelhado de Montesquieu, que levava o título: *Viagem ao Templo de Gnide*[4]. Mas assim que Lupin o abriu, ele exclamou:

— Olhe só, que estranho! Na frente de cada página, uma folha de pergaminho foi colada, e nessa folha, nessas folhas, há linhas de escrita, muito apertadas e muito finas.

Logo no início, leu:

"Diário do cavalheiro Gilles de Mairèche, criado francês de sua Alteza Real o

príncipe de Deux-Ponts-Veldenz, iniciado no ano da graça de 1794."

— Como é isso? — perguntou o conde...

— O que o surpreende?

— O avô da Isilda, o velho que morreu há dois anos se chamava Malreich, isto é, o mesmo nome germanizado.

— Maravilhoso! O avô de Isilda devia ser filho ou neto do criado francês que escrevia seu diário em um tomo estraçalhado de Montesquieu. E foi assim que esse diário chegou às mãos de Isilda.

Folheou-o ao acaso:

"15 de setembro de 1796. — Sua Alteza foi à caça."

"20 de setembro de 1796. — Sua Alteza saiu a cavalo. Montava Cupido."

— Droga! — murmurou Lupin. — Até aqui, nada de emocionante.

Foi mais adiante:

"12 de março de 1803. — Enviei dez escudos a Hermann. Ele é cozinheiro em Londres."

Lupin se pôs a rir.

— Oh! Oh! Hermann foi destronado. O respeito está despencando.

---

4. Obra de Charles-Louis de Secondat, barão de Montesquieu (1689-1755), filósofo e escritor francês (N.T.).

– O grão-duque reinante – observou Waldemar – foi realmente expulso de seus domínios pelas tropas francesas.

Lupin continuou:

"1809. – Hoje, terça-feira, Napoleão dormiu em Veldenz. Fui eu que arrumei a cama de Sua Majestade e que, no dia seguinte, esvaziei as águas de sua toalete."

– Ah! – disse Lupin – Napoleão parou em Veldenz?

– Sim, sim, juntando-se a seu exército durante a campanha austríaca, que terminaria em Wagram. É uma honra da qual a família ducal, a partir de então, se mostrava muito orgulhosa.

Lupin continuou:

"28 de outubro de 1814. – Sua Alteza Real voltou a seus Estados."

"29 de outubro. – Nessa noite, guiei Sua Alteza até o esconderijo e fiquei feliz por lhe mostrar que ninguém havia adivinhado a existência dele. Além disso, como alguém poderia suspeitar que um esconderijo pudesse ser feito em..."

Uma parada brusca... Um grito de Lupin... Isilda tinha subitamente escapado dos homens que a vigiavam, tinha se lançado sobre ele e fugido, levando o livro.

– Ah, a safadinha! Corram... Façam a volta por baixo. Eu a persigo pelo corredor.

Mas ela tinha fechado a porta, baixando a tranca. Ele teve de descer e caminhar pelas dependências, assim como os demais, em busca de uma escada que o levasse de volta ao primeiro andar.

Somente quando o quarto alojamento foi aberto é que ele conseguiu subir. Mas o corredor estava vazio, e foi obrigado a bater nas portas, a forçar as fechaduras e a entrar em quartos desocupados, enquanto Waldemar, tão ardoroso quanto ele na perseguição, espetava as cortinas e as tapeçarias com a ponta do sabre.

Ouviram chamados, vindos do andar térreo da ala direita. Correram para lá. Era uma das mulheres dos oficiais, que acenava para eles, no final do corredor, dizendo que a garota estava na casa dela.

– Como sabe? – perguntou Lupin.

– Eu quis entrar em meu quarto. A porta estava fechada e ouvi barulho.

De fato, Lupin não conseguiu abrir.

– A janela! – gritou ele. – Deve haver uma janela.

Foi conduzido para o lado de fora e, imediatamente, tomando o sabre do conde, com um golpe quebrou as vidraças.

Depois, apoiado por dois homens, se agarrou na parede, passou o braço, girou a maçaneta e caiu dentro do quarto.

Agachada na frente da lareira, Isilda apareceu por entre as chamas.

– Oh, miserável! – exclamou Lupin. – Ela o jogou no fogo!

Empurrou-a brutalmente, tentou recolher o livro e queimou as mãos. Então, usando pinças, puxou-o para fora da lareira e o cobriu com a toalha da mesa para abafar as chamas.

Mas era tarde demais. As páginas do antigo manuscrito, todas consumidas, caíram em cinzas.

2

Lupin olhou para ela demoradamente. O conde disse:

– Parece que ela sabe o que faz.

– Não, não, ela não sabe. Apenas seu avô deve ter-lhe confiado esse livro como um tesouro, um que ninguém deveria ver e, em seu estúpido instinto, preferiu jogá-lo ao fogo a se desfazer dele.

– E então?
– Então o quê?
– Você não vai chegar ao esconderijo?
– Ah! Ah!, meu caro conde, contou então, em algum momento, meu sucesso possível? E Lupin não lhe parece mais inteiramente um charlatão? Fique tranquilo, Waldemar, Lupin tem várias cordas em seu arco. Vou chegar lá.
– Antes da décima segunda hora de amanhã?
– Antes da décima segunda hora desta noite. Mas estou morrendo de fome. E se não fosse abusar de sua bondade...

Foi levado para uma sala das dependências, anexa ao refeitório dos suboficiais, e uma substancial refeição lhe foi servida, enquanto o conde fazia seu relatório ao imperador.

Vinte minutos depois, Waldemar retornava. Os dois se sentaram frente a frente, em silêncio e pensativos.

– Waldemar, um bom charuto seria bem-vindo... Obrigado. Esse estala como convém aos havanas de respeito.

Acendeu o charuto e, depois de um ou dois minutos:
– Pode fumar, conde, isso não me incomoda.

Uma hora se passou; Waldemar cochilava e, de vez em quando, para acordar, bebia uma taça de fino champanhe.

Soldados iam e vinham fazendo o serviço.
– Café – pediu Lupin.

Trouxeram-lhe café.
– Como é ruim – resmungou ele... – Se é esse que César bebe!... Assim mesmo, mais uma xícara, Waldemar. Talvez a noite seja longa. Oh, que café horroroso!

Acendeu outro charuto e não disse mais palavra alguma. Os minutos passaram. Ele não se movia e não falava.

De repente, Waldemar se levantou e disse a Lupin, num tom indignado:

– Eh, aí, levante-se!

Nesse momento, Lupin assobiava. Continuou a assobiar pacificamente.

– Levante-se, já disse!

Lupin se virou. Sua Majestade acabava de entrar. Levantou-se, enfim.

– Em que pé estamos? – perguntou o imperador.

– Acredito, Sire, que em breve será possível dar satisfação a Vossa Majestade.

– O quê? Você conhece...

– O esconderijo? Aproximadamente, Sire... Alguns detalhes que ainda me escapam..., mas no local, tudo vai se esclarecer, não tenho dúvida.

– Temos de ficar aqui?

– Não, Sire, eu lhe pediria de me acompanhar ao palácio Renascença. Mas temos tempo e, se Vossa Majestade me autorizar, gostaria de pensar, a partir de agora, em dois ou três pontos.

Sem esperar resposta, sentou-se, para grande indignação de Waldemar.

Um momento depois, o imperador, que havia se afastado e conferenciava com o conde, aproximou-se.

– O sr. Lupin está pronto, desta vez?

Lupin ficou em silêncio. Outra pergunta... ele abaixou a cabeça.

– Mas ele está dormindo, na verdade, parece que está dormindo.

Enfurecido, Waldemar sacudiu-o vigorosamente pelos ombros. Lupin caiu da cadeira, desabou no chão, teve duas ou três convulsões e não se mexeu mais.

– O que é que ele tem? – exclamou o imperador... Não está morto, espero!

Tomou uma lanterna e se inclinou.

– Como está pálido! Uma figura de cera!... Olhe, Waldemar... Ausculte o coração... Está vivo, não é?

– Sim, Sire – respondeu o conde, depois de um momento –, o coração bate regularmente.

– Então, o que é? Não compreendo mais nada... O que aconteceu?

– Que tal chamar um médico?

– Vá, corra...

O médico encontrou Lupin no mesmo estado, inerte e tranquilo. Mandou estendê-lo numa cama, examinou-o demoradamente e se informou sobre o que o paciente havia comido.

– Receia que houve envenenamento, doutor?

– Não, Sire, não há vestígios de envenenamento. Mas eu acho... O que é essa bandeja e essa xícara?

– Café – respondeu o conde.

– Para você?

– Não, para ele. Eu não bebi.

O médico serviu-se de café, provou e concluiu:

– Não me enganava: o paciente foi adormecido com a ajuda de um narcótico.

– Mas por quem? – gritou o imperador irritado... – Vejamos, Waldemar, é exasperador tudo o que está acontecendo aqui!

– Sire...

– Eh, sim, já chega!... Estou começando realmente a acreditar que esse homem tem razão e que há alguém no castelo... Essas moedas de ouro, esse narcótico...

– Se alguém tivesse entrado neste recinto, saberíamos, Sire... Faz três horas que se vasculha por todos os lados.

– Não fui eu, contudo, que preparou o café, garanto-lhe... E a menos que tenha sido você...

– Oh! Sire!

– Pois bem! Procure... vasculhe... Você tem duzentos homens à disposição e as dependências não são tão grandes! Porque, afinal, o bandido está rondando por lá, em torno dessas construções... do lado da cozinha... que sei eu? Vá! Mexa-se!

Durante toda a noite, o gordo Waldemar se mexeu conscienciosamente, pois era a ordem do mestre, mas sem convicção, visto que era impossível um estranho se esconder entre ruínas tão bem vigiadas. E, de fato, o acontecimento lhe deu razão: as investigações foram inúteis, e não houve jeito de descobrir a mão misteriosa que tinha preparado a bebida soporífera.

Lupin passou a noite em sua cama, inanimado.

Pela manhã, o médico, que não o havia deixado, respondeu a um enviado do imperador que o paciente ainda estava dormindo.

Às 9 horas, porém, ele fez um primeiro gesto, uma espécie de esforço para se acordar.

Um pouco depois, balbuciou:

– Que horas são?

– Nove e trinta e cinco.

Fez um novo esforço e dava para sentir que, em seu entorpecimento, todo o seu ser lutava para voltar à vida.

Um relógio bateu dez vezes.

Ele estremeceu e disse:

– Levem-me... levem-me ao palácio.

Com a aprovação do médico, Waldemar chamou seus homens e notificou o imperador.

Lupin foi colocado numa maca e partiram em direção do palácio.

– No primeiro andar – murmurou ele.

Foi levado para cima.

– No final do corredor – disse ele. – O último quarto à esquerda.

Foi carregado para o último quarto, que era o décimo segundo, e lhe deram uma cadeira em que ele se sentou, exausto.

O imperador chegou: Lupin não se mexeu, com ar inconsciente, olhar sem expressão.

Então, depois de alguns minutos, pareceu acordar, olhou as paredes em torno dele, o teto, as pessoas, e disse:

– Um narcótico, não é?

– Sim – declarou o médico.

– Encontraram... o homem?

– Não.

Pareceu meditar e acenou, várias vezes, com a cabeça, pensativo, mas logo se percebeu que estava dormindo.

O imperador se aproximou de Waldemar.

– Dê ordens para que preparem o automóvel.

– Ah, mas, então, Sire?...

– O quê! Estou começando a pensar que ele está rindo de nós e que tudo isso não passa de uma comédia para ganhar tempo.

– Talvez... de fato... – concordou Waldemar.

– Evidentemente! Ele explora algumas curiosas coincidências, mas nada sabe, e sua história de moedas de ouro, seu narcótico, outras tantas invenções! Se nos prestarmos mais a esse joguinho, ele vai nos escapar por entre as mãos. Seu carro, Waldemar.

O conde deu ordens e voltou. Lupin não havia acordado. O imperador, que inspecionava a sala, disse a Waldemar:

– É a sala de Minerva, aqui, não é?

– Sim, Sire.

- Mas então, por que esse N em dois lugares?

De fato, havia dois N, um acima da lareira, o outro acima de um velho relógio embutido na parede, toda demolida, mas se podia ver o mecanismo complicado desse relógio, os pesos inertes na ponta de suas cordas.

- Esses dois N - disse Waldemar...

O imperador não escutou a resposta. Lupin estava ainda agitado, abrindo os olhos e articulando sílabas indistintas. Ele se levantou, andou pela sala e recaiu extenuado.

Deu-se então a luta, a luta encarniçada de seu cérebro, de seus nervos, de sua vontade contra esse terrível torpor que o paralisava, luta de moribundo contra a morte, luta da vida contra o nada.

E era um espetáculo infinitamente doloroso.

- Ele está sofrendo - murmurou Waldemar.

- Ou pelo menos ele brinca com o sofrimento - declarou o imperador - e brinca maravilhosamente bem. Que comediante!

Lupin balbuciou:

- Uma injeção, doutor, uma injeção de cafeína... agora mesmo...

- Permite, Sire? - perguntou o médico.

- Certamente... Até o meio-dia, tudo o que ele quiser deve ser feito. Ele tem minha promessa.

- Quantos minutos... até o meio-dia? - perguntou Lupin.

- Quarenta - responderam-lhe.

- Quarenta?... Vou conseguir... é certo que vou... é necessário... Pôs as duas mãos na cabeça.

- Ah, se eu tivesse meu cérebro, o verdadeiro, meu bom cérebro que pensa! Seria questão de um segundo! Há somente um ponto escuro..., Mas eu não posso... meu pensamento me foge... não consigo agarrá-lo... é atroz...

Seus ombros se sobressaltaram. Estaria chorando?
Foi ouvido repetindo:
– 813... 813...
E mais baixo:
– 813... um 8... um 1... um 3... sim, evidentemente..., mas por quê?... isso não é suficiente...
O imperador murmurou:
– Ele me impressiona. Mal posso acreditar que um homem possa desempenhar um papel assim...
Meia... três quartos...
Lupin permanecia imóvel, com os punhos pressionando as têmporas.
O imperador esperava, de olhos fixos no cronômetro que Waldemar segurava.
– Ainda dez minutos... ainda cinco...
– Waldemar, o auto está a postos? Seus homens estão prontos?
– Sim, Sire.
– Seu cronômetro tem campainha?
– Sim, Sire.
– Na última batida do meio-dia então...
– Contudo...
– Na última batida do meio-dia, Waldemar.

Na verdade, a cena tinha algo de trágico, essa espécie de grandeza e de solenidade que as horas levam com a aproximação de um possível milagre. Parece que é a própria voz do destino que vai falar.

O imperador não escondia sua angústia. Esse aventureiro bizarro chamado Arsène Lupin e cuja vida prodigiosa ele conhecia, esse homem o perturbava... e, embora determinado a pôr fim a toda essa história ambígua, ele não podia deixar de aguardar... e de ter esperança.

Ainda dois minutos... ainda um minuto. Depois, foi em segundos que se passou a contar.

Lupin parecia adormecido.

– Vamos, prepare-se – disse o imperador ao conde.

Este foi até Lupin e colocou a mão no ombro dele.

A campainha do cronômetro vibrou... um, dois, três, quatro, cinco...

– Waldemar, puxe os pesos do velho relógio.

Um momento de estupor. Tinha sido Lupin a falar, com toda a calma.

Waldemar deu de ombros, indignado com a familiaridade.

– Obedeça, Waldemar – disse o imperador.

– Mas, claro, obedeça, meu caro conde – insistiu Lupin, reencontrando sua ironia – é obrigação sua e só tem de puxar as correntes do relógio... alternadamente... um, dois... Maravilha... Aí está como isso se recarregava nos velhos tempos.

De fato, o pêndulo foi colocado em movimento e se percebeu seu tique-taque regular.

– Os ponteiros, agora – disse Lupin. – Coloque-os um pouco antes do meio-dia... Não mexa mais... deixe-me fazer...

Ele se levantou e foi até o mostrador, a um passo de distância, no máximo, olhos fixos, todo o seu ser atento.

As doze batidas ressoaram, doze batidas pesadas, profundas.

Um longo silêncio. Nada aconteceu. Mesmo assim, o imperador esperava, como se tivesse certeza de que algo iria acontecer. E Waldemar não se mexia, de olhos arregalados.

Lupin, que se havia inclinado sobre o mostrador, endireitou-se e murmurou:

– Perfeito... consegui...

Voltou para sua cadeira e ordenou:

– Waldemar, reponha os ponteiros a dois minutos para o

meio-dia. Ah! não, meu velho, não para trás... no sentido horário... Eh! sim, vai demorar um pouco..., mas o que quer? Todas as horas e todas as meias horas bateram até as onze e meia.

– Escute, Waldemar – disse Lupin...

E falava, gravemente, sem zombaria, como se ele próprio estivesse emocionado e ansioso.

– Escute, Waldemar, pode ver no mostrador uma pequena ponta arredondada que marca a primeira hora? Essa ponta oscila, não é? Ponha em cima dela o dedo indicador da mão esquerda e aperte. Bem. Faça o mesmo com o polegar na ponta que marca a terceira hora. Bem... Com sua mão direita aperte a ponta da oitava hora. Bem. Eu lhe agradeço. Vá se sentar, meu caro.

Um instante, então o ponteiro maior se deslocou, tocou a décima segunda ponta... E a hora do meio-dia bateu de novo.

Lupin estava calado, muito pálido. No silêncio, ressoou cada uma das doze batidas.

Na décima segunda, houve um rumor de gatilho. O relógio parou totalmente. O pêndulo se imobilizou.

E subitamente o adorno de bronze, que dominava o mostrador e que representava uma cabeça de carneiro, caiu, deixando à mostra uma espécie de pequeno nicho talhado em plena pedra.

Nesse nicho, havia um caixinha de prata, ornada de cinzeladuras.

– Ah! – disse o imperador... – Você tinha razão.

– Ainda duvidava, Sire? – perguntou Lupin.

Tomou a caixinha e a entregou a ele.

– Que Vossa Majestade queira abri-la pessoalmente. As cartas, que me deu como missão de procurar, estão ali.

O imperador levantou a tampa e pareceu muito surpreso...

A caixinha estava vazia.

3

A CAIXINHA ESTAVA VAZIA!

Foi um enorme e imprevisto golpe de teatro. Depois do sucesso dos cálculos feitos por Lupin, depois da descoberta tão engenhosa do segredo do relógio, o imperador, para quem o sucesso final não deixava mais dúvida, parecia confuso.

Na frente dele, Lupin, pálido, de maxilares contraídos, olhos injetados de sangue, rosnava de raiva e de ódio impotente. Enxugou a testa coberta de suor, em seguida tomou em mãos a caixinha, virou-a, examinou-a como se esperasse encontrar um fundo falso. Finalmente, para ter mais certeza, num acesso de fúria, a esmagou com um apertão irresistível.

Isso o aliviou. Respirou mais à vontade.

O imperador lhe disse:

– Quem fez isso?

– Sempre o mesmo, Sire, aquele que segue o mesmo caminho que eu e que pretende alcançar o mesmo objetivo, o assassino do sr. Kesselbach.

– Quando?

– Esta noite. Ah! Sire, porque não me deixou livre quando saí da prisão! Livre, eu teria chegado aqui sem perder uma hora. Chegaria antes dele! Antes dele eu teria dado moedas de ouro a Isilda!... Antes dele teria lido o diário de Malreich, o velho criado francês.

– Acredita, portanto, que foi por meio das revelações desse diário?...

– Eh! Sim, Sire, ele teve tempo para lê-las. E, na sombra, não sei onde, informado de todos os nossos atos, não sei por quem! Ele me fez adormecer, a fim de se desembaraçar de mim, esta noite.

— Mas o palácio estava vigiado.
— Vigiado por seus soldados, Sire. Será que isso importa para homens como ele? Não duvido que Waldemar tenha concentrado suas buscas nas dependências, desguarnecendo as portas do palácio.
— Mas o ruído do relógio? Essas doze batidas durante a noite?
— Um jogo, Sire! Um jogo para impedir o relógio de bater!
— Tudo isso me parece bem inverossímil.
— Tudo isso me parece rudemente claro, Sire. Se fosse possível revistar desde já os bolsos de todos os seus homens, ou saber todas as despesas que farão durante o ano que vem, encontraríamos certamente dois ou três deles que estão, nesse momento, de posse de algumas cédulas de dinheiro, cédulas francesas, bem entendido.
— Oh! — protestou Waldemar.
— Mas claro, meu caro conde, é uma questão de preço, e *esse sujeito* não olha para isso. Se ele o quisesse, tenho certeza que você mesmo...

O imperador não estava escutando, absorto em suas reflexões. Caminhou da direita para a esquerda do quarto, depois acenou para um dos oficiais que permaneciam na galeria.

— Meu carro... e se apressem... vamos partir.

Ele se deteve, observou Lupin por um momento e, aproximando-se do conde:

— Você também, Waldemar, a caminho... Direto para Paris, sem parar...

Lupin apurou os ouvidos. Escutou Waldemar responder:

— Preferiria uma dúzia de guardas a mais, com esse diabo de homem!...

— Tome-os. E depressa, é imprescindível que chegue esta noite.

Lupin deu de ombros e murmurou:
- Absurdo!
O imperador se virou para ele e Lupin continuou:
- Oh! sim, Sire, pois Waldemar é incapaz de me vigiar. Minha fuga é certa, e então...
Bateu o pé violentamente.
- E então, acredita, Sire, que vou perder meu tempo mais uma vez? Se desistiu da luta, eu não desisto. Comecei, vou terminar.
O imperador objetou:
- Não vou desistir, mas minha polícia vai se pôr em campo.
Lupin desatou a rir.
- Que Vossa Majestade me desculpe! É tão engraçado! A polícia de Vossa Majestade! Mas ela vale o que valem todas as polícias do mundo, isto é, nada, absolutamente nada! Não, Sire, não vou voltar para a Santé. A prisão, só posso zombar dela. Mas eu necessito de minha liberdade contra esse homem, eu a conservo.
O imperador se impacientou.
- Esse homem, você nem sabe quem é.
- Eu vou saber, Sire. E só eu posso saber. E ele sabe que sou o único que pode saber. Sou seu único inimigo. É somente a mim que ele ataca. Era a mim que ele queria atingir, outro dia, com a bala de seu revólver. Era a mim que lhe bastava adormecer esta noite e se ver livre para agir à vontade. O duelo é entre nós. O mundo não tem nada a ver com isso. Ninguém pode me ajudar e ninguém pode ajudá-lo. Somos dois, e isso é tudo. Até agora a sorte o favoreceu. Mas, no final das contas, é inevitável, é imperativo que eu vença.
- Por quê?
- Porque sou o mais forte.
- Se ele o matar?

– Ele não vai me matar. Vou arrancar suas garras e vou reduzi-lo à impotência. E recuperarei as cartas. Não há poder humano que possa me impedir de retomá-las.

Falava com uma convicção de tal modo violenta e num tom de tanta certeza que dava, às coisas que ele predizia, a aparência real das coisas já realizadas.

O imperador não podia deixar de experimentar um sentimento confuso e inexplicável, em que havia uma espécie de admiração e muito também dessa confiança que Lupin exigia de forma tão autoritária. No fundo, só hesitava por escrúpulo de empregar esse homem e de torná-lo, por assim dizer, seu aliado. E cuidadoso, sem saber que partido tomar, caminhava da galeria para as janelas, sem dizer palavra.

No fim, disse:

– E quem nos garante que as cartas foram roubadas nesta noite?

– O roubo está datado, Sire.

– O que está dizendo?

– Examine a parte interna do frontão, que disfarçava o esconderijo. A data está ali, escrita com giz branco: meia-noite, 24 de agosto.

– De fato... de fato... – murmurou o imperador, confuso... Como é que não vi?

E acrescentou, deixando transparecer sua curiosidade:

– É como aqueles dois N pintados na muralha... Não consigo me explicar. Esta é a sala de Minerva.

– Esta é a sala em que Napoleão, imperador dos franceses, dormiu – declarou Lupin.

– O que é que sabe a respeito?

– Pergunte a Waldemar, Sire. Para mim, quando percorri o diário do velho criado, foi uma revelação instantânea. Compreendi que Sholmes e eu tínhamos seguido o caminho errado. *Apoon*, a palavra incompleta que o grão-duque Hermann escreveu em seu leito de morte, não é uma contração da palavra *Apollon*, mas da palavra *Napoléon*.

– Justo... tem razão... – disse o imperador... – As mesmas letras são encontradas nas duas palavras e seguindo a mesma ordem. É evidente que o grão-duque quis escrever *Napoléon*. Mas o número 813?

– Ah! Esse foi o ponto que me deu mais trabalho para esclarecer. Sempre tive a ideia de que era necessário somar os três dígitos 8, 1 e 3, e o número 12 assim obtido logo me pareceu aplicar-se a esta sala, que é a décima segunda da galeria. Mas isso não era suficiente. Devia haver outra coisa, algo mais que meu cérebro enfraquecido não conseguia formular. A vista do relógio, desse relógio localizado justamente na sala *Napol*éon, foi uma revelação. O número 12 obviamente significava a décima segunda hora. Meio-dia! Meia-noite! Não é um momento mais solene e mais facilmente se escolhe? Mas por que esses três dígitos 8, 1 e 3, em vez de outros que teriam dado o mesmo total?

"Foi então que pensei em fazer o relógio tocar uma primeira vez, como teste. E foi ao fazê-lo tocar que vi que as pontas da primeira, da terceira e da oitava hora, eram móveis. Obtinha, portanto, três algarismos, 1, 3 e 8, que, colocados numa ordem fatídica, davam o número 813. Waldemar apertou as três pontas. A engrenagem se soltou. Vossa Majestade conhece o resultado...

"Aí está, Sire, a explicação dessa palavra misteriosa e desses três números, 8-1-3, que o grão-duque escreveu de próprio punho ao agonizar e graças aos quais ele tinha a esperança de que um dia seu filho haveria de descobrir o segredo de Veldenz e se tornaria o dono das famosas cartas que ali havia escondido."

O imperador tinha escutado com atenção apaixonada, cada vez mais surpreso por tudo o que observava nesse homem de engenhosidade, de clarividência, de sutileza e de vontade inteligente.

– Waldemar? – disse ele.

– Sire?

Mas quando ia falar, exclamações em alta voz vinham da galeria. Waldemar saiu e voltou.

– É a louca, Sire, que querem impedir de passar.

– Deixem-na vir – exclamou Lupin, categoricamente –, ela deve vir, Sire.

A um gesto do imperador, Waldemar foi procurar Isilda.

À entrada da jovem, todos ficaram estupefatos. Seu rosto, tão pálido, estava coberto de manchas pretas. Suas feições convulsionadas denotavam a mais viva dor. Estava ofegante, com as duas mãos crispadas sobre o peito.

– Oh! – exclamou Lupin, horrorizado.

– O que há? – perguntou o imperador.

– Seu médico, Sire! Não se pode perder um minuto!

E avançando:

– Fale, Isilda... Viu alguma coisa? Tem alguma coisa a dizer?

A jovem tinha parado, de olhos menos vagos, como se iluminados pela dor. Articulou sons... nenhuma palavra.

– Escute – disse Lupin... – Responda sim ou não... um aceno de cabeça... Você o viu? Você sabe onde ele está?... Você sabe quem ele é?... Escute, se você não responder...

Ele reprimiu um gesto de raiva. Mas, de repente, lembrando-se da experiência da véspera, e que ela parecia ter retido alguma lembrança visual da época em que tinha pleno uso de sua razão, ele escreveu L e M maiúsculos, na parede branca.

Ela estendeu o braço para as letras e acenou com a cabeça como se aprovasse.

– E depois? – perguntou Lupin... – Depois!... Escreva você agora.

Mas ela soltou um grito terrível e se jogou no chão, aos urros.

Então, repentinamente, o silêncio, a imobilidade. Um sobressalto ainda. E não se mexeu mais.

– Morta? – disse o imperador.

– Envenenada, Sire.

– Ah! infeliz... E por quem?

– Por *ele*, Sire. Sem dúvida alguma, ela o conhecia. E ele ficou com medo das revelações dela.

O médico tinha chegado. O imperador mostrou-lhe Isilda. Depois, dirigindo-se a Waldemar:

– Todos os seus homens em ação... Vasculhem a casa... Um telegrama para os postos da fronteira...

Aproximou-se de Lupin:

– De quanto tempo necessita para retomar as cartas?

– Um mês, Sire...

– Bem, Waldemar esperará por você aqui. Ele terá minhas ordens e plenos poderes para lhe conceder o que você desejar.

– O que eu quero, Sire, é a liberdade.

– Você está livre...

Lupin ficou observando, enquanto o outro se afastava, e disse entre dentes:

– A liberdade, primeiro... E depois, quando tiver devolvido suas cartas, ó Majestade, um pequeno aperto de mãos, perfeitamente, um aperto de mãos de um imperador a um ladrão... para lhe provar que não tem razão de estar desgostoso comigo. Pois, enfim, é um pouco duro! Eis um senhor por quem abandono meus aposentos no Santé-Palace, a quem presto serviço e que se permite atitudes bisonhas... Se algum dia tornar a agarrá-lo, esse cliente!

Os sete bandidos

1

– A SENHORA PODE RECEBER?

Dolores Kesselbach tomou o cartão que o criado lhe entregava e leu: André Beauny.

– Não – disse ela –, não o conheço.

– Esse senhor insiste muito, senhora. Ele diz que a senhora está esperando a visita dele.

– Ah!... talvez... de fato... Traga-o aqui.

Desde os acontecimentos que tinham mudado sua vida e que a tinham atingido com uma implacável crueldade, Dolores, depois de uma estada no Hotel Bristol, acabava de se instalar em uma casa tranquila na rua Vignes, na periferia de Passy.

Um lindo jardim se estendia atrás, emoldurado por outros jardins exuberantes. Quando crises mais dolorosas não a mantinham por dias inteiros em seu quarto, com as venezianas fechadas, invisível a todos, ela se fazia levar sob as árvores e ali ficava, estirada, melancólica, incapaz de reagir ao mau destino.

A areia da alameda rangeu novamente e, acompanhado pelo criado, um jovem apareceu, elegante na aparência, vestido com muita simplicidade, à moda um tanto antiquada de alguns pintores, colarinho rebaixado, gravata folgada com bolinhas brancas sobre fundo azul-marinho.

O criado se afastou.
– André Beauny, não é? – disse Dolores.
– Sim, minha senhora.
– Não tenho a honra...
– Sim, minha senhora. Sabendo que eu era um dos amigos da sra. Ernemont, avó de Geneviève, a senhora escreveu a essa senhora em Garches, dizendo que desejava ter uma conversa comigo. Aqui estou.
Dolores se soergueu, muito emocionada.
– Ah! você é...
– Sim.
Ela balbuciou:
– Sério? É você? Eu não o reconheço.
– A senhora não reconhece o príncipe Paul Sernine?
– Não... Nada parecido... nem o rosto, nem os olhos... E não é tampouco assim...
– Que os jornais retrataram o detento da Santé – disse ele, sorrindo... – E, no entanto, sou eu mesmo.
Seguiu-se um longo silêncio, durante o qual permaneceram embaraçados e pouco à vontade.
Finalmente, ele disse:
– Posso saber o motivo?
– Geneviève não lhe disse?
– Eu não a vi... Mas a avó dela entendeu que a senhora precisava de meus serviços...
– É isso... é isso...
– E em quê?... estou tão feliz...
Ela hesitou um segundo, e então murmurou:
– Tenho medo.
– Medo! – exclamou ele.
– Sim – disse ela, em voz baixa. – Tenho medo, tenho medo

de tudo, medo do que é e do que será amanhã, depois de amanhã... medo da vida. Sofri tanto... Não aguento mais.

Ele a observava com grande pena. O sentimento confuso que sempre o tinha impelido para essa mulher estava hoje assumindo um caráter mais preciso: ela lhe pedia proteção. Era uma necessidade premente de se dedicar a ela, inteiramente, sem esperança de recompensa.

Ela prosseguiu:

– Estou sozinha agora, totalmente sozinha, com criados que tomei ao acaso, e tenho medo... sinto que há gente rondando em meu entorno.

– Mas com que propósito?

– Não sei. Mas o inimigo ronda e se aproxima.

– Chegou a vê-lo? Notou alguma coisa?

– Sim, na rua, nesses dias, dois homens passaram várias vezes e pararam na frente da casa.

– Suas características?

– Há um que vi melhor. É alto, forte, bem barbeado e vestido com uma pequena jaqueta preta, bem curta.

– Um garçom?

– Sim, um mordomo. Mandei um de meus criados segui-lo. Ele tomou a rua Pompe e entrou numa casa de péssimo aspecto, cujo andar térreo é ocupado por um comerciante de vinhos, a primeira à esquerda na rua. Finalmente, na outra noite...

– Na outra noite?

– Percebi, da janela de meu quarto, uma sombra no jardim.

– Isso é tudo?

– Sim.

Ele pensou e lhe propôs:

– Vai permitir que dois de meus homens durmam ali embaixo, num dos quartos do andar térreo?...

– Dois de seus homens?...

– Oh! Não tema... São duas boas pessoas, o pai Charolais e seu filho... que não têm nenhuma aparência do que realmente são... Com eles ficará tranquila. Quanto a mim...

Hesitou. Esperava que ela lhe pedisse para voltar.

Como ela se calou, ele continuou:

– Quanto a mim, é preferível que não me vejam por aqui... sim, é preferível... para a senhora. Meus homens vão me manter informado.

Queria dizer mais e ficar, sentar-se ao lado dela e confortá-la. Mas tinha a impressão de que tudo havia sido dito sobre o que tinham a se dizer, e uma só palavra a mais, pronunciada por ele, seria um ultraje.

Então fez uma profunda reverência e se retirou.

Atravessou o jardim, caminhando depressa, ansioso para se encontrar do lado de fora e dominar sua emoção. O criado o esperava na soleira do saguão. No momento em que ultrapassava a porta de entrada, que dava para a rua, alguém tocou a campainha, uma jovem.

Estremeceu:

– Geneviève!

Ela o olhou espantada e, imediatamente, embora desconcertada pela extrema juventude desse olhar, ela o reconheceu, o que lhe causou tanta perturbação que vacilou e teve de se encostar na porta.

Ele havia tirado o chapéu e a contemplava sem ousar lhe estender a mão. Haveria ela de estender a sua? Não era mais o príncipe Sernine... era Arsène Lupin. E ela sabia que era Arsène Lupin e que tinha saído da prisão.

Lá fora, chovia. Ela entregou o guarda-chuva ao criado, balbuciando:

– Queira abri-lo e deixá-lo de lado...
E passou direto.
"Meu pobre velho", disse Lupin para si mesmo, ao partir, "isso é um grande choque para uma pessoa nervosa e sensível como você. Cuidado com o coração, senão...Vamos, ora, eis que seus olhos estão ficando molhados! Mau sinal, sr. Lupin, você está envelhecendo."
Esbarrou no ombro de um jovem que atravessava a calçada da Muette e se dirigia para a rua Vignes. O jovem parou e, após alguns segundos:
– Desculpe senhor, mas não tenho a honra... parece-me...
– Parece-lhe mal, meu caro sr. Leduc. Ou então sua memória está bem
fraca. Lembre-se de Versalhes... o pequeno quarto do hotel dos Três Imperadores...
– Você!
O jovem deu um salto para trás, espantado.
– Meu Deus, sim, eu, o príncipe Sernine, ou melhor, Lupin, uma vez que você sabe meu nome verdadeiro! Então pensava que Lupin tinha falecido?
Ah!, sim, compreendo, a prisão... você esperava... Menino, acorde!
E bateu de leve no ombro dele.
– Vejamos, jovem, vamos nos reorganizar, ainda temos alguns bons dias pacíficos para fazer versos. A hora ainda não chegou. Faça versos, poeta!
Apertou-lhe o braço com extrema força e lhe disse, encarando-o:
– Mas a hora se aproxima, poeta. Não se esqueça de que você me pertence, de corpo e alma. E prepare-se para desempenhar seu papel. Será difícil e magnífico. E, por Deus, você

me parece verdadeiramente o homem ideal para esse papel! Desatou a rir, voltou-se bruscamente e deixou o jovem Leduc aturdido.

Mais adiante, na esquina da rua Pompe, ficava a loja de vinhos de que a senhora Kesselbach tinha falado. Ele entrou e conversou longamente com o dono. Depois tomou um automóvel e pediu ao motorista que o levasse ao Grand-Hôtel, onde morava sob o nome de André Beauny.

Os irmãos Doudeville o esperavam.

Embora farto de elogios dessa espécie, Lupin não deixou de apreciar os testemunhos de admiração e de devotamento com que seus amigos o cumularam.

– Enfim, chefe, explique-nos... O que aconteceu? Com você, estamos acostumados aos prodígios... mas, mesmo assim, há limites... Então, você está livre? E aqui está, no coração de Paris, apenas disfarçado.

– Um charuto? – ofereceu Lupin.

– Obrigado... não.

– Você está errado, Doudeville. Esses são muito especiais. Eu os recebi de um conhecedor, que se orgulha de ser meu amigo.

– Ah! Podemos saber quem é?

– O Kaiser... Vamos, não fiquem com esses semblantes de apatetados e me ponham a par de tudo, pois não andei lendo os jornais. Minha fuga, que efeito teve no público?

– Fulminante, chefe!

– A versão da polícia?

– Sua fuga teria ocorrido em Garches, durante uma reconstituição do assassinato de Altenheim. Infelizmente, os jornalistas provaram que isso era impossível.

– Então?

– Então, foi um alvoroço. Procuram, riem e se divertem muito.
– Weber?
– Weber está muito comprometido.
– Tirando isso, nada de novo no serviço da Segurança Pública? Nenhuma descoberta sobre o assassino? Nenhum indício que nos permita estabelecer a identidade de Altenheim?
– Não.
– É um pouco surpreendente! Quando se pensa que pagamos milhões por ano para alimentar essa gente. Se isso continuar, me recuso a pagar meus impostos. Tome uma cadeira e uma pena. Você levará essa carta ao *Grand Journal* esta noite. Faz muito tempo que o mundo não tem mais notícias minhas. Deve estar suspirando de impaciência. Escreva:

"Senhor diretor,
Peço desculpas ao público, cuja legítima impaciência será frustrada.
Fugi da prisão e me é impossível revelar como me evadi. Da mesma forma, depois de minha fuga, descobri o famoso segredo, e me é impossível dizer qual é esse segredo e como o descobri.
Tudo isso será objeto, mais dia, menos dia, de um relato um tanto original que haverá de publicar, de acordo com minhas anotações, meu biógrafo habitual. É uma página da história da França que nossos netos deverão ler com interesse.
Por enquanto, tenho coisas melhores a fazer. Revoltado ao ver em que mãos caíram as funções que eu exercia, cansado de constatar que o caso Kesselbach-Altenheim continua sempre no mesmo ponto, destituo o sr. Weber e retomo o honroso cargo que eu ocupava, com tanto brilho e para satisfação geral, sob o nome de sr. Lenormand.
Arsène Lupin, chefe da Segurança.

2

ÀS 8 HORAS DA NOITE, ARSÈNE LUPIN E DOUDEVILLE ENTRAVAM no Caillard, restaurante da moda; Lupin, apertado em seu fraque, mas com as calças um pouco largas, de artista, e a gravata um pouco folgada demais; Doudeville, de sobrecasaca, com a aparência e o ar sério de um magistrado.

Escolheram a parte do restaurante que é recuada e que duas colunas separam da grande sala.

Um *maître-d'hôtel* correto e desdenhoso esperava os pedidos com um bloco de comandas nas mãos. Lupin pediu com minúcia e afetação de fino gourmet.

– Certamente – disse ele –, a comida rotineira da prisão era aceitável, mas mesmo assim dá prazer fazer uma refeição requintada.

Comia com apetite e em silêncio, contentando-se, às vezes, em proferir uma breve frase que indicava a sequência de suas preocupações.

– Evidentemente, isso se arranjará... mas vai ser difícil... Que adversário!... O que me surpreende é que, depois de seis meses de luta, nem sei o que ele quer!... O principal cúmplice está morto, estamos chegando ao fim da batalha e, ainda assim, não vejo claramente seu jogo... O que procura, esse miserável?... Meu plano é claro: pôr a mão no grão-ducado, instalar no trono um grão-duque de minha escolha, dar-lhe Geneviève como esposa... e reinar. Isso é cristalino, honesto e justo. Mas ele, o personagem ignóbil, essa larva das trevas, que objetivo quer alcançar?

Chamou:

– Garçom!

O *maître-d'hôtel* se aproximou.

– O senhor deseja?

– Charutos.

O *maître-d'hôtel* voltou e abriu várias caixas.

– O que me aconselha? – perguntou Lupin.

– Aqui estão alguns Upman excelentes.

Lupin ofereceu um Upman a Doudeville, tomou um para si e cortou a ponta. O *maître-d'hôtel* acendeu um fósforo e o estendeu. Rapidamente, Lupin lhe agarrou o pulso.

– Nem uma palavra... eu o conheço... seu nome verdadeiro é Dominique Lecas...

O homem, que era grande e forte, quis se soltar. Abafou um grito de dor. Lupin lhe tinha torcido o pulso.

– Você se chama Dominique... mora na rua Pompe, no quarto andar, para onde se retirou com uma pequena fortuna adquirida a serviço... mas escute, imbecil, ou lhe quebro os ossos... adquirida a serviço do barão Altenheim, em cuja casa você era mordomo.

O outro ficou imóvel, com o rosto pálido de medo.

Ao redor deles, a pequena sala estava vazia. Ao lado, no restaurante, três cavalheiros fumavam e dois casais conversavam, bebendo licores.

– Veja, estamos tranquilos... podemos conversar.

– Quem é o senhor? Quem é o senhor?

– Não me reconhece? Deve lembrar-se, no entanto, daquele famoso almoço na Villa Dupont... Foi você mesmo, velho patife, que me ofereceu o prato de doces... e que doces!...

– O príncipe... o príncipe... – balbuciou o outro.

– Mas claro, o príncipe Arsène, o príncipe Lupin em pessoa... Ah! Ah! Você respira... está pensando que não tem nada a temer de Lupin, não é? Errou, meu velho, você tem tudo a temer.

Tirou um cartão do bolso e o mostrou:

– Tome, olhe, agora sou da polícia... Fazer o quê, é sempre assim que acabamos... nós, os grandes senhores do roubo, os imperadores do crime.

– E então? – replicou o *maître-d'hôtel*, sempre inquieto.

– Então, atenda a esse cliente que o chama lá no fundo, faça seu serviço e volte. Acima de tudo, não brinque, não tente se safar daqui. Tenho dez agentes lá fora que estão de olho em você. Vá.

O *maître-d'hôtel* obedeceu. Cinco minutos depois, estava de volta e, em pé diante da mesa, com as costas voltadas para o restaurante, como se estivesse discutindo com clientes sobre a qualidade de seus charutos, dizia:

– Pois bem? De que se trata?

Lupin alinhou algumas notas de cem francos sobre a mesa.

– Quantas respostas precisas a minhas perguntas, tantas notas.

– Está bem.

– Eu começo. Quantos estavam lá com o barão Altenheim?

– Sete, sem contar comigo.

– Não mais?

– Não. Apenas uma vez, foram contratados operários da Itália para fazer as passagens subterrâneas da Villa das Glicínias, em Garches.

– Havia dois subterrâneos?

– Sim, um levava ao pavilhão Hortense, o outro iniciava no primeiro e desembocava embaixo do pavilhão da sra. Kesselbach.

– O que queriam?

– Sequestrar a sra. Kesselbach.

– As duas criadas, Suzanne e Gertrude, eram cúmplices?

– Sim.
– Onde elas estão?
– No exterior.
– E seus sete companheiros, os do bando de Altenheim?
– Eu os deixei. Eles continuam.
– Onde posso encontrá-los?

Dominique hesitou. Lupin desdobrou duas cédulas de mil francos e disse:

– Seus escrúpulos lhe fazem honrar, Dominique. Nada mais lhe resta a fazer que apanhá-las e responder.

Dominique respondeu:

– Você os encontrará na estrada da Révolte, número 3, em Neuilly. Um deles se chama Sucateiro.

– Perfeito. E agora, o nome, o verdadeiro nome de Altenheim? Sabe?

– Sim. Ribeira.

– Dominique, assim vai mal. Ribeira era apenas um nome de guerra. Peço-lhe o verdadeiro nome.

– Parbury.

– Outro nome de guerra.

O *maître-d'hôtel* hesitava. Lupin desdobrou três notas de cem francos.

– E, depois, ora! – exclamou o homem. – Afinal ele está morto, não é? E bem morto.

– O nome dele? – perguntou Lupin.

– O nome dele? Cavalheiro Malreich.

Lupin saltou da cadeira.

– O quê? O que você disse? O cavalheiro?... repete... o cavalheiro?

– Raoul de Malreich.

Um longo silêncio. Lupin, com os olhos fixos, pensava na

louca de Veldenz, morta envenenada. Isilda tinha o mesmo nome: Malreich. E esse era o nome do pequeno cavalheiro francês que tinha chegado à corte de Veldenz, no século XVII.

Ele prosseguiu:

— De que país era esse Malreich?

— De origem francesa, mas nascido na Alemanha... Eu vi alguns papéis uma vez... Foi assim que fiquei sabendo o nome dele. Ah! se ele tivesse sabido, teria me estrangulado, creio.

Lupin refletiu e perguntou:

— Era ele que comandava todos vocês?

— Sim.

— Mas tinha um cúmplice, um sócio?

— Ah! Cale-se... cale-se...

O rosto do *maître-d'hôtel* exprimia de repente a mais aguda ansiedade. Lupin discerniu a mesma espécie de pavor, de repulsa que ele mesmo sentia ao pensar no assassino.

— Quem é? Você o viu?

— Oh! Não vamos falar desse... não devemos falar dele.

— Quem é, eu lhe pergunto?

— Ele é o mestre... o chefe... ninguém o conhece.

— Mas você o viu. Responda. Você o viu?

— Na sombra, algumas vezes... à noite. Nunca em pleno dia. Suas ordens chegam em pequenos pedaços de papel... ou por telefone.

— O nome dele?

— Não sei. Nunca falávamos dele. Dá azar.

— Ele anda vestido de preto, não é?

— Sim, de preto. É pequeno e magro... loiro...

— E ele mata, não é?

— Sim, mata... ele mata como os outros roubam um pedaço de pão.

Sua voz tremia. Suplicou:

– Vamos calar, não devemos falar dele... Estou lhe dizendo... isso dá azar.

Lupin se calou, impressionado malgrado seu com a angústia desse homem.

Ficou pensativo por longo tempo, depois se levantou e disse ao *maître-d'hôtel*:

– Tome, aqui está seu dinheiro, mas se quiser viver em paz, fará muito bem se não disser uma palavra a quem quer que seja sobre nosso encontro.

Saiu do restaurante com Doudeville e caminhou até a porta do Saint-Denis, sem dizer palavra, preocupado com tudo o que acabara de saber.

Finalmente, tomou o braço do companheiro e disse:

– Escute bem, Doudeville. Você deve ir para a Gare du Nord, onde chegará a tempo de tomar o trem expresso para Luxemburgo. Irá a Veldenz, capital do grão-ducado de Deux-Ponts-Veldenz. Na delegacia, conseguirá facilmente a certidão de nascimento do cavalheiro Malreich e informações sobre a família dele. Depois de amanhã, sábado, deverá estar de volta.

– Devo notificar a Segurança?

– Eu cuidarei disso. Vou telefonar dizendo que você está doente. Ah! mais uma palavra. Vamos nos encontrar ao meio-dia, num pequeno café, na estrada da Révolte, conhecido como restaurante Buffalo. Vista-se como operário.

Já no dia seguinte, Lupin, vestido com um guarda-pó e usando um boné, se dirigiu para Neuilly e começou sua investigação no número 3 da estrada da Révolte. Um amplo portão se abre para um primeiro pátio, e ali se encontra uma verdadeira cidade, toda uma série de passagens e de ateliês onde se agita uma população de artesãos, de mulheres e de crianças. Em poucos minutos, ele ganhou a confiança do porteiro, com quem conversou por uma hora sobre os mais diversos assuntos. Durante essa hora, viu passar, um após outro, três indivíduos cujo modo de andar chamou sua atenção.

"Isso", pensou ele, "é caça, e tem cheiro forte... dá para segui-la pelo cheiro... Com ar de gente honesta, lógico! Mas com olho de fera que sabe que o inimigo está em toda parte e que cada arbusto, cada tufo de grama pode esconder uma armadilha."

Na tarde e na manhã de sábado, prosseguiu em suas investigações e teve a certeza de que os sete cúmplices de Altenheim viviam todos nesse aglomerado de imóveis. Quatro deles exerciam abertamente a profissão de "comerciantes de roupas". Dois outros vendiam jornais, o sétimo dizia ser sucateiro, e assim era chamado.

Eles passavam um pelo outro sem dar a impressão de que se conheciam. Mas, à noite, Lupin constatou que se reuniam numa espécie de galpão localizado bem no fundo do último dos pátios, galpão onde o Sucateiro acumulava suas mercadorias, ferros velhos, assadeiras velhas, tubos de fogareiros enferrujados... e, sem dúvida, a maioria dos itens roubados.

"Vamos", disse ele a si mesmo, "o trabalho está progredindo. Pedi um mês a meu primo da Alemanha; acredito que quinze dias serão suficientes. E o que me agrada é começar a operação pelos gaiatos que me fizeram dar um mergulho no rio Sena. Meu pobre velho Gourel, finalmente vou vingá-lo. Não tão cedo!"

Ao meio-dia, entrava no restaurante Buffalo, numa pequena sala baixa, onde pedreiros e cocheiros vinham comer o prato do dia.

Alguém veio sentar-se ao lado dele.
- Está feito, patrão.
- Ah! é você, Doudeville. Tanto melhor. Tenho pressa em saber. Tem as informações? A certidão de nascimento? Rápido, conte.
- Pois bem! Aqui está. O pai e a mãe de Altenheim morreram no exterior:
- Vá adiante.
- Deixaram três filhos.
- Três?
- Sim, o mais velho teria hoje trinta anos. Chamava-se Raoul de Malreich.
- É nosso homem, Altenheim. Depois?
- A filha mais nova era uma menina, Isilda. O registro traz em tinta fresca a menção "Falecida".
- Isilda... Isilda - repetiu Lupin... - É bem o que eu pensava; Isilda era irmã de Altenheim... Tinha visto nela uma expressão fisionômica que eu conhecia... Aí está o laço que os prendia... Mas o outro, o terceiro filho, ou melhor, o segundo, mais novo?
- Um filho. Teria atualmente 26 anos.
- O nome dele?
- Louis de Malreich.
Lupin teve um pequeno choque.
- É isso aí! Louis de Malreich... As iniciais L. M. A assustadora e terrificante assinatura...O nome do assassino é Louis de Malreich... Era irmão de Altenheim e irmão de Isilda. E matou os dois com medo de suas revelações...

Lupin ficou longo tempo taciturno, sombrio, com a obsessão, sem dúvida, do ser misterioso.

Doudeville objetou:

– O que ele poderia temer da irmã Isilda? Ela era louca, me disseram.

– Louca, sim, mas capaz de lembrar certos detalhes de sua infância. Deve ter reconhecido o irmão com quem ela tinha sido criada... E essa lembrança lhe custou a vida.

E acrescentou:

– Louca! Mas todas essas pessoas são loucas... A mãe, louca... O pai, alcoólatra... Altenheim, um verdadeiro bruto... Isilda, uma pobre demente... E quanto ao outro, o assassino, é o monstro, o maníaco imbecil...

– Imbecil, você acha, patrão?

– Sim, imbecil! Com lampejos de gênio, com artimanhas e intuições diabólicas, mas destemperado, um louco como toda a família Malreich. São apenas os loucos que matam, e especialmente loucos como esse. Porque afinal...

Fez uma pausa e seu rosto se contraiu tão profundamente que Doudeville ficou impressionado.

– Qual é o problema, patrão?

– Olhe.

3

Acabava de entrar um homem, que pendurou o chapéu num cabide – um chapéu preto, de feltro macio –, sentou-se a uma mesinha, examinou o cardápio que um garçom lhe alcançava, pediu e esperou, imóvel, com o busto rígido, com os dois braços cruzados sobre a toalha da mesa.

E Lupin o viu bem de frente.

Tinha um rosto magro e seco, inteiramente imberbe, com

órbitas profundas, em cujas concavidades se percebiam olhos cinzentos, cor de ferro. A pele parecia esticada de um osso a outro, como um pergaminho, tão retesado, tão espesso que nenhum cabelo poderia tê-lo perfurado.

E o rosto era sombrio. Nenhuma expressão o animava. Nenhum pensamento parecia viver sob essa fronte de marfim. E as pálpebras, sem cílios, nunca se moviam, o que dava ao olhar a fixidez de um olhar de estátua.

Lupin acenou para um dos garçons do estabelecimento.

– Quem é esse senhor?
– Aquele que está almoçando ali?
– Sim.
– É um cliente. Vem duas ou três vezes por semana.
– Sabe o nome dele?
– Claro que sim!... Léon Massier.
– Ah! – balbuciou Lupin, bastante emocionado – L. M... as duas letras... seria Louis de Malreich?

Contemplou-o avidamente. Na verdade, o aspecto do homem correspondia com suas previsões, pelo que sabia dele e sobre sua horrenda existência. Mas o que o incomodava era esse olhar de morto, quando esperava vida e chama... era a impassibilidade, quando supunha o tormento, a desordem, a poderosa máscara dos grandes malditos.

Perguntou ao garçom:

– O que é que faz esse cavalheiro?
– Palavra de honra, não poderia dizer muita coisa. É um sujeito estranho... Está sempre sozinho... Nunca fala com ninguém. Aqui nem conhecemos o som da voz dele. Com o dedo aponta os pratos que quer, no cardápio... Em vinte minutos termina... Paga... e vai embora...
– E retorna?

– A cada quatro ou cinco dias. Não é regular.

– É ele, só pode ser ele – repetia Lupin para si mesmo. – É Malreich, aí está ele... respira a quatro passos de mim. Aí estão as mãos que matam. Aí está o cérebro que o cheiro de sangue inebria... Aí está o monstro, o vampiro...

E, no entanto, seria possível? Lupin tinha passado a considerá-lo como um ser de tal modo fantástico que estava desconcertado por vê-lo numa forma viva, indo, vindo, agindo. Não imaginava vê-lo comendo, como os outros, pão e carne, e bebendo cerveja como qualquer outro, ele que o havia imaginado como um animal imundo que se alimenta de carne viva e suga o sangue de suas vítimas.

– Vamos embora, Doudeville.

– O que você tem, patrão? Está muito pálido.

– Preciso de ar. Vamos sair.

Lá fora, respirou fundo, enxugou a testa coberta de suor e murmurou:

– Assim é melhor. Estava me sufocando.

E, dominando-se, continuou:

– Doudeville, o desfecho se aproxima. Há semanas que luto às apalpadelas contra o invisível inimigo. E eis que, de repente, o acaso o coloca em meu caminho! Agora o jogo está igual.

– Se a gente se separasse, patrão? Nosso homem nos viu juntos. Vai nos notar menos, um sem o outro.

– Ele nos viu? – disse Lupin, pensativo. – Ele parece não ver nada, não ouvir nada e não observar nada. Que tipo desconcertante! E, de fato, dez minutos depois, Léon Massier apareceu e se afastou, sem nem mesmo observar se estava sendo seguido. Tinha acendido um cigarro e o fumava, com uma das mãos atrás das costas, caminhando como um vadio que aproveita o sol e o ar puro e não suspeita que alguém pode vigiar seu passeio.

Passou por um posto de controle, caminhou ao longo das fortificações, saiu de novo pela porta Champerret e refez seus passos pela estrada da Révolte.

Iria entrar nos imóveis do número 3? Lupin desejou isso vivamente, porque teria sido a prova certa de sua cumplicidade com o bando Altenheim; mas o homem dobrou a esquina e entrou na rua Delaizement, que seguiu até depois do velódromo Buffalo.

À esquerda, na frente do velódromo, entre as quadras de tênis de aluguel e as barracas que margeiam a rua Delaizement, havia um pequeno pavilhão isolado, rodeado por um exíguo jardim.

Léon Massier parou, apanhou seu molho de chaves, abriu primeiro o portão do jardim, depois a porta do pavilhão e desapareceu.

Lupin avançou com cautela. Logo em seguida percebeu que os imóveis da estrada da Révolte se prolongavam, por trás, até o muro do jardim.

Aproximando-se mais, viu que esse muro era muito alto e que um galpão, construído nos fundos do jardim, se apoiava nesse muro.

Pela disposição do local, teve a certeza de que esse galpão se ligava com o galpão que ficava no último pátio do número 3 e que servia como depósito ao Sucateiro.

Assim, pois, Léon Massier morava numa casa contígua ao cômodo onde se reuniam os sete cúmplices do bando Altenheim. Por conseguinte, Léon Massier era, de fato, o chefe supremo que comandava esse bando, e era, obviamente, por uma passagem existente entre os dois galpões que se comunicava com seus comandados.

– Não estava enganado – disse Lupin. – Léon Massier e Louis de Malreich são a mesma pessoa. A situação se simplifica.

– Muito – aprovou Doudeville. – E dentro de poucos dias, tudo estará resolvido.

– Ou seja, terei sido atingido por uma punhalada na garganta.

– O que está dizendo, patrão? Uma ideia!

– Bah!, quem sabe! Sempre tive o pressentimento de que esse monstro me traria azar.

Doravante, tratava-se, por assim dizer, de assistir à vida de Malreich, para que

nenhum de seus gestos fosse ignorado.

A vida desse homem, se fosse para acreditar nas pessoas da vizinhança que Doudeville interrogou, era das mais bizarras. O tipo do Pavilhão, como era chamado, morava lá havia alguns meses apenas. Não via nem recebia ninguém. Não se conhecia nenhum criado dele. E as janelas, embora escancaradas mesmo à noite, permaneciam sempre às escuras, sem que a claridade de uma vela ou de uma lamparina alguma vez as iluminasse.

Além disso, na maioria das vezes, Léon Massier saía ao entardecer, e só voltava para casa muito tarde, ao amanhecer, afirmavam pessoas que o tinham encontrado ao nascer do sol.

– E sabem o que ele faz? – perguntou Lupin a seu companheiro, quando este se juntou a ele.

– Não. Sua existência é completamente irregular; às vezes desaparece durante vários dias... ou melhor, permanece trancado. Em resumo, não se sabe nada.

– Pois bem! Nós vamos saber, e em breve.

Ele se enganava. Depois de oito dias de investigações e de esforços contínuos, não se sabia nada mais sobre esse estranho indivíduo. O mais extraordinário é que, subitamente, enquanto Lupin o seguia, o homem que caminhava lentamente ao longo das ruas, sem nunca parar, desaparecia como que por milagre. Com frequência, usava casas com saída dupla. Mas, em outras ocasiões, parecia sumir no meio da multidão, como um fantasma. E Lupin ficava ali, petrificado, perplexo, cheio de raiva e de confusão.

Ele corria para a rua Delaizement e montava guarda. Os minutos se sucediam aos minutos, quartos de hora a quartos de hora. Parte da noite passava. Então vinha o homem misterioso. O que poderia ter feito?

4

– Uma carta para você, patrão – disse-lhe Doudeville uma noite, por volta das oito horas, juntando-se a ele na rua Delaizement.

Lupin a abriu. A sra. Kesselbach lhe suplicava que fosse em seu socorro. Ao cair da noite, dois homens haviam parado sob suas janelas e um deles tinha dito: "Sorte, só vimos fogo lá dentro... Então, está combinado, daremos o golpe hoje à noite". Ela tinha descido as escadas e constatado que a fechadura de serviço não funcionava mais ou pelo menos podia ser aberta pelo lado de fora.

– Finalmente – disse Lupin –, é o próprio inimigo que nos oferece a batalha. Tanto melhor! Já estou farto de fazer plantão embaixo das janelas de Malreich.

– Ele está lá neste momento?

– Não, ele me pregou uma peça a seu modo em Paris, precisamente quando eu ia lhe pregar uma das minhas. Mas antes de qualquer coisa, escute bem, Doudeville. Você vai reunir dez de nossos homens mais fortes... olhe, leve Marco e o contínuo Jérôme. Desde a história do Palace-Hotel, eu lhes havia dado férias... Que venham, desta vez. Reunidos os homens, leve-os para a rua Vignes. O pai Charolais e seu filho já devem estar montando guarda. Combine com eles e, às 11 e meia, venha me encontrar na esquina da rua Vignes e da rua Raynouard. De lá, vamos vigiar a casa.

Doudeville se afastou. Lupin esperou mais uma hora, até que a tranquila rua Delaizement estivesse completamente deserta; depois, vendo que Léon Massier não voltava para casa, decidiu se aproximar do pavilhão.

Ninguém em torno dele... Tomou impulso e pulou por cima do rebordo de pedra que sustentava a grade do jardim. Poucos minutos depois, estava na praça.

Seu plano consistia em forçar a porta da casa e em vasculhar os quartos, a fim de encontrar as famosas cartas do imperador, roubadas por Malreich em Veldenz. Mas pensou que uma visita ao galpão era mais urgente.

Ficou muito surpreso ao ver que não estava fechado e constatar em seguida, à luz de sua lanterna elétrica, que estava absolutamente vazio e que não havia portas na parede do fundo.

Procurou por muito tempo, sem sucesso. Mas, do lado de fora, viu uma escada, erguida contra o galpão e que, evidentemente, servia para subir numa espécie de sótão sob o telhado de ardósias.

Caixas velhas, fardos de palha, utensílios de jardineiro se acumulavam nesse sótão, ou melhor, pareciam obstruí-lo, pois descobriu facilmente uma passagem que o conduzia até o muro.

Ali, esbarrou numa esquadria em caixilhos, que tentou deslocar.

Não conseguindo, examinou-a mais de perto e percebeu, primeiro que estava fixada no muro e, em seguida, que um dos ladrilhos estava faltando.

Enfiou o braço: era o vazio. Apontou a luz da lanterna exatamente no local e olhou: era um grande hangar, um galpão maior do que aquele do pavilhão e cheio de ferragens e de objetos de todos os tipos.

"Aqui estamos", disse Lupin para si mesmo, "essa abertura está no galpão do Sucateiro, bem no alto, e é de lá que Louis de Malreich vê, ouve e vigia seus cúmplices, sem ser visto nem ouvido por eles. Agora entendo por que eles não conhecem o chefe deles."

Esclarecido esse detalhe, apagou a lanterna e se preparava para sair quando uma porta se abriu logo abaixo. Alguém entrou. Uma lâmpada foi acesa. Reconheceu o Sucateiro.

Então resolveu ficar, visto que a expedição não poderia ser concluída enquanto esse homem estivesse ali.

O Sucateiro tinha tirado dois revólveres do bolso.

Verificou seu funcionamento e trocou as balas enquanto assobiava o refrão de uma canção.

Uma hora transcorreu assim. Lupin estava começando a se inquietar, sem se decidir, no entanto, a partir.

Mais minutos se passaram, meia hora, uma hora...

Finalmente, o homem disse em voz alta:

– Entre.

Um dos bandidos entrou no galpão e, em rápida sucessão, chegou um terceiro, um quarto...

– Estamos todos – disse o Sucateiro. Dieudonné e Joufflu vão se juntar a nós no próprio local. Vamos, não há tempo a perder... Estão armados?

– Até os dentes.
– Tanto melhor. Vai esquentar.
– Como sabe disso, Sucateiro?
– Eu vi o chefe... Quando digo que o vi... Não... Enfim, ele me falou...
– Sim – disse um dos homens –, na sombra, como sempre, na esquina de uma rua. Ah! eu preferia os modos de Altenheim. Pelo menos, sabíamos o que fazíamos.
– E não sabe? – retrucou Sucateiro... – Vamos roubar a casa da Kesselbach.
– E os dois guardas? Os dois homens que Lupin colocou lá?
– Tanto pior para eles. Somos sete. Só terão de se calar.
– E a Kesselbach?
– A mordaça primeiro, depois a corda, e a trazemos para cá... Aqui, nesse sofá velho... Aí, vamos esperar as ordens.
– É bem pago?
– Primeiro, as joias da Kesselbach.
– Sim, se tivermos sucesso, mas estou falando do certo.
– Três notas de cem francos, como adiantamento, para cada um de nós. O dobro, depois.
– Você está como dinheiro?
– Sim.
– Muito bem. Podem dizer o que quiserem, mas quando se trata de pagamento, não há dois como esse tipo.
E, em voz tão baixa, que Lupin mal ouviu:
– Diga, pois, Sucateiro, se formos obrigados a usar uma faca, há um bônus?
– Sempre o mesmo. Dois mil.
– Se for Lupin?
– Três mil.
– Ah! se pudéssemos ter em mãos esse sujeito.

Um após outro, deixaram o galpão.

Lupin ouviu e ainda essas palavras do Sucateiro:

– Aqui está o plano de ataque. Vamos nos dividir em três grupos. Um assobio e todos vão em frente...

Apressadamente, Lupin saiu de seu esconderijo, desceu a escada, contornou o pavilhão sem entrar e saltou de novo por cima da grade.

– O Sucateiro tem razão, vai esquentar... Ah, eles querem minha pele! Um bônus por Lupin! Que canalhas!

Passou pelo posto de controle e tomou um táxi.

– Rua Raynouard.

Mandou parar a trezentos passos da rua Vignes e foi caminhando até a esquina das duas ruas.

Para seu grande espanto, Doudeville não estava lá.

"Estranho", disse Lupin para si mesmo, "já passa da meia-noite... Esse negócio está me parecendo mais que suspeito."

Esperou dez minutos, vinte minutos. À meia-noite e meia, ninguém. Um atraso se tornava perigoso. Afinal, se Doudeville e seus amigos não puderam vir, Charolais, o filho deste e ele, Lupin, seriam suficientes para repelir o ataque, sem contar com a ajuda dos criados.

Então ele avançou. Mas dois homens apareceram, tentando se esconder na sombra de um recesso.

"Droga", disse a si mesmo, "é a vanguarda do bando, Dieudonné e Joufflu. Eu me deixei atrasar estupidamente."

Lá, ele perdeu mais tempo. Deveria partir diretamente contra eles para colocá-los fora de combate e entrar, em seguida, na casa, pela janela da despensa, que ele sabia que estava livre? Era o que parecia mais prudente, o que também lhe permitiria, além disso, tirar imediatamente a sra. Kesselbach dali e colocá-la a salvo.

Sim, mas era também o fracasso de seu plano e era perder essa oportunidade única de apanhar na armadilha toda a gangue e, sem dúvida, também Louis de Malreich.

De repente, um assobio vibrou em algum lugar do outro lado da casa.

Já eram os outros? E iria acontecer um contra-ataque pelo jardim?

Mas, ao sinal dado, os dois homens tinham pulado a janela. E desapareceram.

Lupin correu, escalou a varanda e saltou para dentro da despensa. Ao ruído de passos, julgou que os assaltantes haviam passado para o jardim, e esse barulho era tão claro que ficou tranquilo. Charolais e seu filho não podiam deixar de ouvi-lo.

Então ele subiu. O quarto da sra. Kesselbach dava para o patamar. Entrou rapidamente.

Na claridade de uma lamparina, viu Dolores, sobre um sofá, desmaiada. Correu até ela, a soergueu e, com voz imperiosa, forçando-a a responder:

– Escute... Charolais? O filho dele?... Onde estão?

Ela balbuciou:

– Como?... mas... partiram...

– O quê! Partiram!

– Você me escreveu... uma hora atrás, uma mensagem telefônica...

Ele apanhou um pedaço de papel azul perto dela e leu:

"Dispense imediatamente os dois guardas...e todos os meus homens... Eu os estou esperando no Grand-Hotel. Não tenha medo."

– Diabos! E você acreditou! Mas seus criados?

– Partiram.

Ele foi até a janela. Lá fora, três homens vinham do outro lado do jardim.

Maurice Leblanc

Pela janela do quarto ao lado, que dava para a rua, viu dois outros, do lado de fora.

E pensou em Dieudonné, em Joufflu, em Louis de Malreich acima de tudo, que devia rondar invisível e formidável.

– Droga – murmurou ele –, começo a acreditar que estou perdido.

O homem negro

1

NESSE INSTANTE, ARSÈNE LUPIN TEVE A IMPRESSÃO, A CERTEZA, de que tinha sido atraído para uma armadilha, por meios que não teve tempo para discernir, mas cuja habilidade e destreza prodigiosas ele adivinhava.

Tudo estava combinado, tudo estava definido: o afastamento de seus homens, o desaparecimento ou traição dos criados, sua própria presença na casa da sra. Kesselbach.

Evidentemente, tudo isso tinha sido realizado em prol do inimigo, graças a felizes circunstâncias, que beiravam o milagre – porque, afinal, ele poderia ter chegado antes que a falsa mensagem tivesse feito seus amigos partir. Mas então seria a batalha de seu bando contra a gangue de Altenheim. E Lupin, lembrando-se da conduta de Malreich, do assassinato de Altenheim, do envenenamento da louca em Veldenz, se perguntou se a emboscada era dirigida apenas contra ele e se Malreich não tinha entrevisto como possível uma confusão geral e a supressão de cúmplices que agora o incomodavam.

Intuição dele, ideia fugaz que aflorou em sua mente. A hora era de ação. Era necessário defender Dolores, cujo sequestro, de qualquer maneira, era a própria razão do ataque.

Ele entreabriu a janela da rua e apontou o revólver. Um

tiro, o alarme dado no quarteirão, e os bandidos haveriam de fugir.

"Pois bem! Não", murmurou ele, "não. Nunca haverão de dizer que me esquivei da luta. A ocasião é bela demais... E, depois, quem sabe se eles haveriam de fugir!... Eles são numerosos e pouco se importam com os vizinhos."

Voltou ao quarto de Dolores. Lá embaixo, barulho. Escutou e, como vinha da escada, trancou a fechadura com volta dupla.

Dolores chorava e tinha convulsões no sofá.

Ele lhe implorou:

– A senhora tem força? Estamos no primeiro andar. Eu poderia ajudá-la a descer... Com panos pela janela...

– Não, não, não me deixe... Eles vão me matar... Defenda-me.

Tomou-a nos braços e a carregou para o quarto vizinho. E, inclinando-se sobre ela:

– Não se mexa e fique calma. Eu juro que, enquanto estiver vivo, nenhum desses homens a tocará.

A porta do primeiro quarto foi abalroada. Dolores chorou, agarrando-se a ele:

– Ah!, aí estão eles... aí estão eles... Eles vão matá-lo... você está sozinho...

Disse-lhe ardentemente:

– Não estou sozinho: você está aí... você está aí perto de mim.

Tentou livrar-se. Ela agarrou a cabeça dele com as duas mãos, olhou-o profundamente nos olhos e murmurou:

– Onde vai? O que vai fazer? Não... não morra... não quero... é preciso viver... é preciso...

Balbuciou palavras que ele não entendeu e parecia abafá-las entre os lábios para que ele não as ouvisse e, no fim de suas energias, exausta, voltou a cair, inconsciente.

Ele se debruçou sobre ela e a contemplou por um instante. Tocou levemente os cabelos dela com um beijo.

Então voltou ao primeiro quarto, fechou cuidadosamente a porta que separava os dois cômodos e ligou a luz.

— Um minuto, crianças! — gritou ele. — Estão assim com tanta pressa para morrer?... Vocês sabem que é Lupin que está aqui? Cuidado com a dança!

Enquanto falava, havia desdobrado um biombo de modo a esconder o sofá onde a sra. Kesselbach estava deitada antes, e sobre o qual jogou roupas e cobertores.

A porta iria ceder com o ímpeto dos assaltantes.

— Pois não! Já vamos! Estão prontos? Pois bem! Ao primeiro desses senhores!

Rapidamente, girou a chave e puxou o ferrolho.

Gritos, ameaças, uma agitação de brutos odiosos no enquadramento da porta aberta.

E, no entanto, ninguém ousava avançar. Antes de se atirar sobre Lupin, eles hesitavam, tomados de inquietação, de medo...

Era o que ele havia previsto.

De pé, no meio do cômodo, bem embaixo da luz, braço estendido, segurava entre os dedos um maço de cédulas com as quais fazia, contando-as uma a uma, sete partes iguais. E tranquilamente declarou:

— Três mil francos de prêmio para cada um, se Lupin for mandado para junto de seus antepassados. Não foi isso, pois, que lhes prometeram? Aqui está o dobro.

Depositou os pacotes de cédulas sobre uma mesa, ao alcance dos bandidos.

O Sucateiro gritou:

— Histórias! Ele procura ganhar tempo. Vamos atirar!

Ele ergueu o braço. Seus companheiros o detiveram.

E Lupin continuou:

— Bem entendido, isso não muda em nada seu plano de ação. Vocês entraram aqui: 1º para raptar a sra. Kesselbach; 2º e em decorrência, roubar as joias dela. Eu me consideraria o último dos miseráveis, se me opusesse a esse duplo propósito.

— Ah, mais essa! Onde você quer chegar? — rosnou o Sucateiro, que escutava, apesar de tudo.

— Ah! ah! Sucateiro, estou começando a interessá-lo. Entre, pois, meu velho... Entrem, todos... Há correntes de ar no topo dessa escada e fracotes como vocês arriscariam apanhar um resfriado... Ora, estão com medo? Eu, contudo, estou sozinho... Vamos, coragem, meus cordeiros.

Eles entraram no cômodo, intrigados e desconfiados.

— Empurre a porta, Sucateiro... ficaremos mais à vontade. Obrigado, meu grandalhão. Ah! vejo que, aliás, as mil notas sumiram. Por conseguinte, estamos de acordo. Como o bom entendimento, de qualquer modo, sempre prevalece entre pessoas honestas!

— Depois?

— Depois? Pois bem! já que somos sócios...

— Sócios!

— Diabos! Vocês não aceitaram meu dinheiro? Trabalhamos juntos, meu amigo, e é juntos que vamos: 1º, raptar a jovem; 2º, levar as joias.

O Sucateiro zombou:

— Não precisamos de você.

— Sim, meu grandalhão.

— Em quê?

— Nesse ponto: você não sabe onde está o esconderijo das joias e eu sei.

– Nós vamos encontrá-lo.
– Amanhã. Não esta noite.
– Então, fale. O que é que você quer?
– A partilha das joias.
– Por que não levou tudo, visto que conhece o esconderijo?
– É impossível abri-lo sozinho. Há um segredo, mas o ignoro. Vocês estão aqui, então vão me ajudar.

O Sucateiro hesitava.

– Dividir... partilhar... Alguns seixos e um pouco de cobre talvez...
– Imbecil! Há mais de um milhão.

Os homens estremeceram, impressionados.

– Que seja! – disse o Sucateiro. – Mas e se a Kesselbach fugir? Ela está no outro quarto, não é?
– Não, ela está aqui.

Lupin afastou um instante uma das folhas do biombo e deixou entrever o amontoado de roupas e de cobertores que havia arrumado sobre o sofá.

– Ela está aqui, desmaiada. Mas não vou entregá-la senão depois da partilha.
– Contudo...
– É pegar ou largar. Não importa que eu esteja sozinho. Vocês sabem o que valho. Portanto...

Os homens se consultaram, e o Sucateiro disse:

– Onde fica o esconderijo?
– Sob a lareira. Mas é necessário, quando não se conhece o segredo, primeiro levantar toda a estrutura da lareira, o espelho, os mármores e tudo isso em bloco, ao que parece. O trabalho é árduo.
– Bah! Vamos ao ataque. Vai ver só. Em cinco minutos...

Ele deu ordens, e imediatamente seus companheiros co-

meçaram a trabalhar com entusiasmo e disciplina admiráveis. Dois deles, de pé em cima de cadeiras, faziam força para levantar o espelho. Os outros quatro se atracaram na própria lareira. O Sucateiro, de joelhos, vigiava toda a estrutura e comandava:
— Força, rapazes!... Juntos, por favor... Atenção!... um, dois... Ah! vejam só, está se movendo.

Imóvel, atrás deles, de mãos nos bolsos, Lupin olhava para eles com ternura e, ao mesmo tempo, saboreava orgulhosamente, como artista e mestre, essa prova tão violenta de sua autoridade, de sua força, do incrível domínio que exercia sobre os outros. Como esses bandidos tinham podido admitir, por um segundo que fosse, essa incrível história e perder toda a noção das coisas, a ponto de lhe dar todas as chances da batalha?

Ele tirou dos bolsos dois grandes revólveres, maciços e formidáveis, estendeu os dois braços e, tranquilamente, escolhendo os primeiros dois homens que haveria de abater e os outros dois que cairiam em seguida, mirou como teria mirado em dois alvos, num estande de tiro. Dois tiros de uma vez e mais dois...

Urros... Quatro homens desabaram um após outro, como bonecos no jogo de massacre.

— Quatro tirados de sete, sobram três — disse Lupin. — É preciso continuar?

Seus braços permaneceram estendidos, seus dois revólveres apontados para o grupo formado pelo Sucateiro e seus dois companheiros.

— Desgraçado! — rosnou o Sucateiro, procurando uma arma.
— Patas para cima! — gritou Lupin. — Ou atiro... Perfeito! Agora vocês o desarmem... se não...

Os dois bandidos, tremendo de medo, paralisavam seu chefe e o obrigavam a submeter-se.

– Amarrem-no!... Amarrem-no, com os diabos! O que é que isso pode lhes fazer?... Depois que eu partir, vocês estão todos livres... Vamos, já terminaram? Os pulsos primeiro... com seus cintos... E os tornozelos. Mais depressa...

Desamparado, vencido, o Sucateiro não resistia mais. Enquanto seus companheiros o amarravam, Lupin se inclinou sobre eles e os atingiu duas vezes na cabeça com a coronha. Os dois tombaram.

– Aí está um belo trabalho – disse ele, respirando. – Pena que não haja mais uns cinquenta... Eu estava pronto... E tudo isso com facilidade... com o sorriso nos lábios... O que acha disso, Sucateiro?

O bandido praguejava. Lupin lhe disse:

– Não fique tão melancólico, meu grandalhão. Console-se pensando que está cooperando com uma boa ação, a salvação da sra. Kesselbach. Ela mesma vai lhe agradecer por sua galanteria.

Dirigiu-se para a porta do segundo quarto e a abriu.

– Ah! – disse ele, parando na soleira, estupefato e perplexo. O quarto estava vazio.

Aproximou-se da janela e viu uma escada apoiada na varanda, uma escada de aço desmontável.

– Sequestrada... raptada... – murmurou ele. – Louis de Malreich... Ah! O pirata...

2

Refletiu por um minuto, tentando dominar sua angústia, e disse consigo mesmo que, afinal de contas, como a sra. Kesselbach não parecia correr nenhum perigo imediato, não havia necessidade de se alarmar. Mas uma fúria repentina o sacudiu e se precipitou sobre os bandidos, distribuiu algumas botinadas nos feridos que se agitavam, procurou e retomou as cédulas do dinheiro, depois os amordaçou, amarrou-lhes as mãos com tudo o que encontrava, cordões de cortina, bandas, cobertores e lençóis reduzidos a tiras e, finalmente, alinhou no tapete, diante do sofá, sete pacotes humanos, apertados um contra o outro e amarrados como embrulhos.

– Restos de múmias sobre o sofá – zombou ele. – Prato suculento para um apreciador! Monte de idiotas, como é que vocês se deixaram levar a isso? Aí estão vocês como afogados no necrotério... Mas também atacaram Lupin, Lupin, defensor da viúva e do órfão!... Estão tremendo? Não é preciso, meus cordeiros! Lupin nunca fez mal a uma mosca... Só que Lupin é um homem honesto, que não gosta de canalhas, e Lupin conhece seus deveres. Vejamos, será que se pode viver com patifes como vocês? E então? Mais respeito pela vida do próximo? Mais respeito pelos bens dos outros? Mais leis? Mais sociedade? Mais consciência? Mais nada? Para onde vamos, Senhor, para onde vamos?

Sem mesmo dar-se ao trabalho de trancá-los, saiu do quarto, chegou à rua e caminhou até encontrar um táxi. Mandou o motorista à procura de outro automóvel e trouxe os dois carros de volta à frente da casa da sra. Kesselbach.

Uma boa gorjeta, dada com antecedência, evitou explicações inúteis. Com a ajuda dos dois homens, desceu os sete prisioneiros e os instalou nos carros, desordenadamente, uns por cima dos outros. Os feridos gritavam e gemiam. Fechou as portas.

– Cuidado com as mãos – disse ele.

Subiu no primeiro carro, ao lado do motorista.

– A caminho!
– Para onde vamos? – perguntou o motorista.
– Quai des Orfèvres, 36, na Segurança.

Os motores roncaram... um ruído de solavancos e o estranho cortejo e pôs a descer as ladeiras do Trocadero.

Nas ruas, passaram por algumas carroças de verduras. Homens, munidos de aras, apagavam os lampiões.

Havia estrelas no céu. Uma brisa fresca flutuava no espaço.

Lupin cantava.

Praça da Concorde, o Louvre... Ao longe, a massa negra de Notre-Dame...

Ele se virou e entreabriu a porta:

– Está tudo bem, camaradas? Eu também, obrigado. A noite está deliciosa e se respira um ar!...

Saltitaram no calçamento irregular do cais. E logo estavam no Palácio da Justiça e no portão da Segurança.

– Fiquem aí – disse Lupin aos dois motoristas – e, acima de tudo, cuidem bem de seus sete clientes.

Ele entrou no primeiro pátio e seguiu o corredor à direita que levava às salas do serviço central.

Ali havia inspetores o tempo todo.

– Caça, senhores – disse ele, ao entrar – e da grande. O sr. Weber está? Eu sou o novo comissário de polícia de Auteuil.

– O sr. Weber está em seu apartamento. Devemos avisá-lo?

– Um segundo. Estou com pressa. Vou lhe deixar um recado.

Sentou-se a uma mesa e escreveu:

"*Meu caro Weber,*

Trago-lhe os sete bandidos que compunham a gangue de Altenheim, aqueles que mataram Gourel... e muitos outros, que também me mataram sob o nome de sr. Lenormand.

Só resta o chefe deles. Vou proceder à imediata prisão dele. Venha juntar-se comigo. Ele mora em Neuilly, rua Delaizement, e se autodenomina Léon Massier.

Cordiais saudações...

Arsène Lupin, chefe da Segurança."

Colocou-o num envelope.

– Aqui está, para o sr. Weber. É urgente. Agora preciso de sete homens para receber a mercadoria. Deixei-a no cais.

Diante dos carros, foi alcançado por um inspetor-chefe.

– Ah! é o sr. Leboeuf – disse-lhe ele. – Fiz uma boa pesca... O bando inteiro de Altenheim... Eles estão dentro dos carros.

– Onde os apanhou?

– Prontos para sequestrar a sra. Kesselbach e saquear-lhe a casa. Mas vou explicar tudo isso em momento oportuno.

O inspetor o chamou de lado e, com ar de espanto:

– Mas, desculpe, alguém veio me procurar da parte do comissário de Auteuil. E não me parece... Com quem tenho a honra de falar?...

– Com a pessoa que lhe dá o belo presente de sete apaches da melhor qualidade.

– Gostaria ainda de saber.

– Meu nome?

– Sim.

– Arsène Lupin.

Sem mais, deu uma rasteira em seu interlocutor, correu até a rua Rivoli, saltou num automóvel que passava e mandou que o levasse à porta das Ternes.

Os imóveis da estrada da Révolte estavam próximos; dirigiu-se para o número 3.

Apesar de todo o sangue-frio e do controle que tinha sobre si mesmo, Arsène Lupin não conseguia dominar a emoção que o invadia. Encontraria Dolores Kesselbach? Louis de Malreich tinha trazido a jovem para a casa dele ou para o galpão do Sucateiro?

Lupin havia tirado do Sucateiro a chave desse galpão, de modo que lhe foi fácil, depois de ter tocado a campainha e depois de ter atravessado todos os pátios, abrir a porta e entrar no depósito da sucata.

Acendeu a lanterna e se orientou. Um pouco à direita havia um espaço livre, onde tinha visto os cúmplices realizar um último conciliábulo.

No sofá designado pelo Sucateiro, percebeu uma forma negra.

Envolta em cobertores, amordaçada, Dolores estava deitada ali...

Ele a socorreu.

– Ah! você... aqui está você – balbuciou ela... – Eles não lhe fizeram nada?

E imediatamente, soerguendo-se e apontando para o fundo do galpão:

– Ali, ele foi para aquele lado... ouvi... tenho certeza... É preciso ir... por favor...

– A senhora primeiro – disse ele.

– Não, ele... apanhe-o... eu lhe suplico... agarre-o.

O medo, dessa vez, em vez de abatê-la, parecia lhe dar forças inusitadas, e repetiu, num desejo imenso de entregar o terrível inimigo que a torturava:

– Primeiro ele... Não posso mais viver; é preciso que me salve dele... é preciso... não posso mais viver...

Ele a desamarrou, estendeu-a cuidadosamente no sofá e lhe disse:

– Tem razão... Além disso, aqui não tem nada a temer... Espere por mim, eu já volto...

Enquanto se afastava, ela agarrou a mão dele com força:

– Mas você?

– Pois bem?

– Se esse homem...

Alguém diria que ela temia por Lupin nesse combate supremo ao qual ela o expunha e que, no último momento, teria ficado feliz em retê-lo.

Ele murmurou:

– Obrigado, fique tranquila. O que devo temer? Ele está sozinho.

E, deixando-a, dirigiu-se para os fundos. Como esperava, descobriu uma escada erguida contra a parede e que o levou ao nível da pequena abertura, através da qual tinha assistido à reunião dos bandidos. Era o caminho que Malreich tinha percorrido para chegar à sua casa na rua Delaizement.

Refez esse caminho, como o tinha feito algumas horas antes, passou para o outro galpão e desceu ao jardim. Estava atrás do mesmo pavilhão ocupado por Malreich.

Coisa estranha, não duvidou nem um segundo que Malreich não estivesse ali. Inevitavelmente, ia encontrá-lo, e o formidável duelo que travavam estava chegando ao fim. Mais alguns minutos e tudo estaria acabado.

Ficou confuso! Tendo agarrado a maçaneta de uma porta, essa maçaneta girou e a porta cedeu sob seu esforço. O pavilhão não estava nem mesmo fechado.

Atravessou uma cozinha, um corredor e subiu uma escada; avançou deliberadamente, sem tentar abafar o ruído de seus passos.

No patamar, parou. O suor escorria de sua testa e suas têmporas latejavam com o afluxo de sangue.

Ainda assim, permanecia calmo, dono de si e consciente de seus menores pensamentos.

Depôs sobre um degrau seus dois revólveres.

"Nada de armas", disse a si mesmo, "apenas minhas mãos, nada mais que o esforço de minhas duas mãos... isso basta... é melhor assim."

Na frente dele, três portas. Escolheu a do meio e fez girar a fechadura. Nenhum obstáculo. Entrou.

Não havia luz no quarto, mas pela janela inteiramente aberta penetrava a claridade da noite e, na sombra, percebia os lençóis e as cortinas brancas da cama.

E ali alguém se soerguia.

Brutalmente, sobre essa silhueta, apontou a facho de luz de sua lanterna.

– Malreich!

O rosto pálido de Malreich, seus olhos sombrios, suas maçãs do rosto cadavéricas, seu pescoço descarnado...

E tudo isso estava imóvel, a cinco passos dele, e não teria sabido dizer se esse rosto inerte, se esse rosto de morte expressava o menor terror ou mesmo apenas um pouco de inquietude.

Lupin deu um passo, um segundo e um terceiro.

O homem não se mexeu.

Estava enxergando? Compreendia? Dir-se-ia que seus olhos fitavam o vazio e que se julgava obcecado mais por uma alucinação do que impressionado por uma imagem real.

Mais um passo...

"Ele vai se defender", pensou Lupin, "tem de se defender."

E Lupin estendeu os braços na direção dele.

O homem não fez um gesto, não recuou, suas pálpebras não bateram. O contato ocorreu.

E foi Lupin que, perplexo, apavorado, perdeu a cabeça. Derrubou o homem, deitou-o na cama, enrolou-o nos lençóis, prendeu-o com os cobertores e o manteve sob os joelhos como uma presa, sem que o homem tivesse tentado o menor gesto de resistência.

– Ah! – gritou Lupin, ébrio de alegria e de ódio saciado. – Finalmente eu o esmaguei, animal odioso! Finalmente, sou eu o mestre!...

Ele ouviu barulho lá fora, na rua Delaizement, golpes desferidos contra a grade. Precipitou-se para a janela e gritou:

– É você, Weber! Já! Na hora certa! Você é um servo modelo! Feche o portão, meu bom homem, e acorra, será bem-vindo.

Em alguns minutos, revistou as roupas do prisioneiro, tomou-lhe a carteira, recolheu os papéis que pôde encontrar nas gavetas da escrivaninha e da secretária, jogou-os todos sobre a mesa e os examinou.

Deu um grito de alegria: o pacote de cartas estava lá, o pacote das famosas cartas que tinha prometido entregar ao imperador.

Colocou os papéis de volta no lugar e correu até a janela.

– Está feito, Weber! Pode entrar! Vai encontrar o assassino de Kesselbach na cama, devidamente preparado e amarrado... Adeus, Weber...

E Lupin, degringolando escada abaixo, correu para o galpão e, enquanto Weber entrava na casa, foi para junto de Dolores Kesselbach.

Sozinho, tinha conseguido prender os sete companheiros de Altenheim!

E havia entregue à justiça o misterioso chefe da gangue, o monstro infame, Louis de Malreich!

3

NUMA GRANDE VARANDA DE MADEIRA, SENTADO DIANTE DE uma mesa, um jovem estava escrevendo.

Às vezes, levantava a cabeça e contemplava com olhar vago o horizonte das colinas onde as árvores, despidas pelo outono, deixavam cair suas últimas folhas sobre os telhados vermelhos das mansões e nos gramados dos jardins. Então recomeçava a escrever.

Depois de um momento, tomou a folha de papel e leu em voz alta:

"Nossos dias vão-se à deriva,
Como se levados por uma corrente
Que os empurra para a praia
Que só nos achegamos a ela ao morrer."

– Nada mal – disse uma voz atrás dele –, a sra. Amable Tastu[5] não poderia ter feito melhor. Enfim, nem todo mundo pode ser Lamartine[6].

– Você!... Você! – balbuciou o jovem, descontroladamente.

– Sim, poeta, eu mesmo, Arsène Lupin, que vem ver seu caro amigo Pierre Leduc.

Pierre Leduc começou a tremer, como se estremecesse de febre. Disse em voz baixa:

– Chegou a hora?

---

5. Sabine Casimire Amable Voiart, conhecida como Amable Tastu (1794-1885), poetisa francesa (N.T.).

6. Alphonse Marie Louis de Prat de Lamartine (1790-1869), célebre poeta francês (N.T.).

– Sim, meu excelente Pierre Leduc, a hora chegou para você deixar, ou melhor, interromper a tranquila existência de poeta que leva há vários meses aos pés de Geneviève Ernemont e da sra. Kesselbach, e interpretar o papel que lhe reservei em minha peça... uma bela peça, asseguro-lhe, um bom e pequeno drama bem estruturado, segundo as regras da arte, com trêmulos risos e ranger de dentes. Chegamos ao quinto ato, o desfecho se aproxima, e é você, Pierre Leduc, o herói. Que glória!

O jovem se levantou:

– E se eu recusar?

– Idiota!

– Sim, se eu recusar? Afinal, quem me obriga a me submeter à sua vontade? Quem me obriga a aceitar um papel que ainda não conheço, mas que odeio de antemão, e do qual tenho vergonha?

– Idiota! – repetiu Lupin.

E, forçando Pierre Leduc a sentar-se, tomou lugar ao lado dele e, em com voz mais suave:

– Você se esquece, bom jovem, que você não se chama Pierre Leduc, mas Gérard Baupré. Se você tem o admirável nome de Pierre Leduc, é porque você, Gérard Baupré, assassinou Pierre Leduc e roubou sua personalidade.

O jovem deu um salto de indignação:

– Você é louco! Sabe muito bem que foi você quem combinou tudo...

– Lógico, sim, eu sei muito bem, mas a Justiça, quando eu lhe fornecer a prova de que o verdadeiro Pierre Leduc teve morte violenta e que você tomou o lugar dele?

Aterrorizado, o jovem gaguejou:

– Não vão acreditar... Por que eu teria feito isso? Com que objetivo?

– Idiota! O objetivo é tão visível que o próprio Weber o

teria percebido. Você mente quando diz que não quer assumir um papel que não conhece. Esse papel, você o conhece. É o que Pierre Leduc teria desempenhado, se não tivesse morrido.

– Mas Pierre Leduc, para mim, para todos, ainda é apenas um nome. Quem era ele? Quem sou eu?

– O que é que isso pode mudar?

– Eu quero saber. Eu quero saber para onde vou...

– E se você souber, você vai seguir em frente?

– Sim, se esse objetivo de que fala valer a pena.

– Sem isso, julga que eu me daria tanto trabalho?

– Quem sou eu? E qualquer que seja meu destino, esteja certo de que serei digno dele. Mas quero saber. Quem sou eu?

Arsène Lupin tirou o chapéu, curvou-se e disse:

– Hermann IV, grão-duque de Deux-Ponts-Veldenz, príncipe de Berncastel, eleitor de Trêves e senhor de outros lugares.

Três dias depois, Lupin levava, de automóvel, a sra. Kesselbach para os lados da fronteira. A viagem foi silenciosa.

Lupin se lembrava com emoção do gesto assustado de Dolores e das palavras que havia pronunciado na casa da rua Vignes, no momento em que ia defendê-la dos cúmplices de Altenheim. E ela devia se recordar também, pois ainda ficava envergonhada na presença dele e visivelmente perturbada.

À noite, chegaram a um pequeno castelo cercado de folhas e flores, coberto com um enorme chapéu de ardósias e rodeado por um grande jardim com árvores seculares.

Encontraram Geneviève já instalada e que voltava da cidade vizinha, onde havia escolhido criados da região.

– Essa é sua moradia, senhora – disse Lupin. – É o castelo de Bruggen. Você vai esperar com segurança aqui pelo fim desses eventos. Amanhã, Pierre Leduc, a quem informei, será seu anfitrião.

Partiu logo em seguida, dirigiu-se a Veldenz e entregou ao conde Waldemar o pacote das famosas cartas que havia recuperado.

– Você conhece minhas condições, meu caro Waldemar – disse Lupin... – Trata-se, antes de tudo, de reerguer a casa de Deux-Ponts-Veldenz e devolver o grão-ducado ao grão-duque Hermann IV.

– A partir de hoje, começarei as negociações com o Conselho de Regência. De acordo com minhas informações, será fácil. Mas esse grão-duque Hermann...

– Sua Alteza vive atualmente com o nome de Pierre Leduc, no castelo de Bruggen. Darei todas as provas necessárias de sua identidade.

Naquela mesma noite, Lupin retomava a estrada de volta para Paris, com a intenção de promover ativamente do processo contra Malreich e os sete bandidos.

O que foi esse caso, como foi conduzido e como se desenrolou, seria tedioso falar dele, de tal modo os fatos, e mesmo os menores detalhes, estão presentes na memória de todos. É um desses acontecimentos sensacionais, que os camponeses mais rudes das aldeias mais distantes comentam e contam entre si.

Mas o que gostaria de relembrar é a enorme parte que Arsène Lupin teve na solução do caso e os incidentes da instrução.

Na verdade, foi ele mesmo que dirigiu os trâmites da instrução.

Desde o início, substituiu o Poder Público, ordenando buscas, indicando as medidas a tomar, prescrevendo as perguntas a fazer aos réus, tendo respostas para tudo...

Quem não se lembra da perplexidade geral todas as manhãs quando se lia nos jornais essas cartas irresistíveis de lógica e de autoridade, essas cartas assinadas sucessivamente:

Arsène Lupin, juiz de instrução.
Arsène Lupin, Procurador Geral.
Arsène Lupin, Guardião dos Selos.
Arsène Lupin, policial.

Emprestava ao trabalho um zelo, um ardor, até mesmo uma violência, que surpreendiam a ele próprio, geralmente tão cheio de ironia e, em resumo, por temperamento, tão disposto a uma indulgência de certa forma profissional.

Não, dessa vez ele odiava.

Ele odiava esse Louis de Malreich, bandido sanguinário, animal imundo, do qual ele sempre tinha tido medo e que, mesmo trancado, mesmo vencido, ainda lhe dava aquela impressão de pavor e de repugnância que se sente à vista de um réptil.

Além disso, Malreich não teve a audácia de perseguir Dolores?

"Ele jogou, ele perdeu", dizia para si mesmo Lupin, "sua cabeça vai saltar."

Era isso que ele queria para seu terrível inimigo: o cadafalso, a manhã pálida em que a lâmina da guilhotina desliza e mata...

Estranho réu, esse que o juiz de instrução interrogou durante meses entre as paredes de seu gabinete! Personagem estranho esse homem ossudo, de rosto esquelético, de olhos mortos!

Parecia ausente de si mesmo. Não estava lá, mas em outro lugar. E tão pouco disposto a responder!

– Eu me chamo Léon Massier.

Essa foi a única frase na qual se fechou.

E Lupin retrucava:

– Você mente. Léon Massier, nascido em Périgueux, órfão

aos 10 anos, morreu há sete anos. Você tomou os documentos dele. Mas esquece a certidão de óbito dele. Aqui está ela.

E Lupin enviou uma cópia da certidão ao tribunal.

– Eu sou Léon Massier – afirmava novamente o réu.

– Você mente – replicava Lupin –, você é Louis de Malreich, o último descendente de um pequeno nobre estabelecido na Alemanha no século XVIII. Você tinha um irmão, que se autodenominava Parbury, Ribeira e Altenheim: esse irmão, você o matou. Você tinha uma irmã, Isilda de Malreich: essa irmã, você a matou.

– Eu sou Léon Massier.

– Você mente. Você é Malreich. Aqui está sua certidão de nascimento. Aqui está a de seu irmão, e aquela, de sua irmã.

E Lupin enviou as três certidões.

Além disso, exceto quando se tratava de sua identidade, Malreich não se defendia, esmagado sem dúvida sob o acúmulo de provas contra ele. O que poderia dizer? Estavam de posse de quarenta bilhetes, escritos de seu próprio punho – a comparação da grafia o demonstrou –, escritos à mão para o bando de seus cúmplices e que não se havia preocupado em rasgar, depois de tê-los retomado.

E todos esses bilhetes eram ordens relativas ao caso Kesselbach, ao sequestro do sr. Lenormand e de Gourel, à perseguição ao velho Steinweg, ao estabelecimento dos subterrâneos em Garches etc. Seria possível negar?

Uma coisa um tanto bizarra desconcertou a Justiça. Confrontados com seu chefe, os sete bandidos afirmaram que não o conheciam. Nunca o tinham visto. Recebiam as instruções por telefone ou na penumbra, justamente por meio desses pequenos bilhetes que Malreich lhes enviava rapidamente, sem uma palavra.

Mas, de resto, a comunicação entre o pavilhão da rua Delaizement e o galpão do Sucateiro não era prova suficiente de cumplicidade? Dali, Malreich via e ouvia. De lá, o chefe vigiava seus homens.

As contradições? Os fatos aparentemente irreconciliáveis? Lupin explicou tudo. Num célebre artigo, publicado na manhã do julgamento, ele descreveu o caso no início, revelou seus bastidores, desvendou o emaranhado, mostrou Malreich morando, sem o conhecimento de ninguém, no quarto de seu irmão, o falso major Parbury, indo e vindo, invisível, pelos corredores do Palace-Hotel, e assassinando Kesselbach, assassinando o garçom do hotel, assassinando o secretário Chapman.

Os debates são lembrados. Foram aterrorizantes e sombrios ao mesmo tempo; aterrorizantes pela atmosfera de angústia que pesou sobre a multidão e pelas lembranças de crime e de sangue que obcecavam a memória de todos; debates sombrios, pesados, obscuros, sufocantes, em decorrência do formidável silêncio que o acusado guardou.

Nenhuma revolta. Nenhum movimento. Nenhuma palavra.

Figura de cera, que não via e que não ouvia! Visão assustadora de calma e de impassibilidade! Na sala, todos estremeciam. As imaginações malucas, em vez de um homem, evocavam uma espécie de ser sobrenatural, um gênio das lendas orientais, um desses deuses da Índia, que são o símbolo de tudo o que é feroz, cruel, sanguinário e destrutivo.

Quanto aos outros bandidos, ninguém olhava para eles, comparsas insignificantes que se perdiam na sombra desse chefe tresloucado.

O depoimento mais comovente foi o da sra. Kesselbach. Para espanto de todos e para surpresa do próprio Lupin, Dolores, que não havia respondido a nenhuma das convocações do juiz e cujo refúgio se desconhecia, Dolores compareceu, viúva esmagada pela dor, para dar um testemunho irrecusável contra o assassino de seu marido.

Ela disse simplesmente, depois de olhá-lo longamente:

– Foi esse que entrou em minha casa na rua Vignes, foi ele que me sequestrou e foi ele que me trancou no galpão do Sucateiro. Eu o reconheço.

– A senhora o confirma?

– Juro diante de Deus e diante dos homens.

Dois dias depois, Louis de Malreich, dito Léon Massier, era condenado à morte. E sua personalidade, absorvendo de tal forma, pode-se dizer, a de seus cúmplices, estes se beneficiaram de circunstâncias atenuantes.

– Louis de Malreich, você não tem nada a dizer? – perguntou o presidente do tribunal.

Ele não respondeu.

Uma única questão permaneceu obscura aos olhos de Lupin. Por que Malreich tinha cometido todos esses crimes? O que é que ele queria? Qual era seu objetivo?

Lupin não deveria tardar para saber e estava próximo o dia em que, todo ofegante de horror, afetado pelo desespero, atingido mortalmente, conheceria a espantosa verdade.

De momento, embora a ideia nunca tenha deixado de lhe ocorrer, não se ocupou mais do caso Malreich. Resolvido a assumir uma pele nova, como ele dizia, tranquilizado, por outro lado, quanto ao destino da sra. Kesselbach e de Geneviève, cuja existência pacífica ele acompanhava de longe, pois era informado por Jean Doudeville, que ele havia enviado a Veldenz, mantido a par de todas as negociações que estavam acontecendo entre o Tribunal na Alemanha e a Regência de Deux-Ponts-Veldenz, empregando todo o seu tempo em liquidar o passado e preparar o futuro.

A ideia da vida diferente que queria levar aos olhos da sra. Kesselbach o agitava com novas ambições e com sentimentos imprevistos, em que a imagem de Dolores se encontrava envolvida, sem que ele se desse exatamente conta disso.

Em poucas semanas, suprimiu todas as provas que pudessem comprometê-lo algum dia, todos os vestígios que pudessem levar até ele. Deu a cada um de seus antigos companheiros uma soma em dinheiro suficiente para colocá-los ao abrigo da necessidade e se despediu deles, anunciando que estava partindo para a América do Sul.

Certa manhã, depois de uma noite de minuciosas reflexões e de um aprofundado estudo da situação, exclamou:

– Acabou. Nada mais a temer. O velho Lupin está morto. Abram caminho para o jovem.

Trouxeram-lhe um comunicado da Alemanha. Era o desfecho esperado. O Conselho de Regência, fortemente influenciado pela Corte de Berlim, havia submetido a questão aos eleitores do grão-ducado, e os eleitores, fortemente influenciados pelo Conselho de Regência, tinham afirmado seu apego inabalável à antiga dinastia de Veldenz. O conde Waldemar era encarregado, com três delegados da nobreza, do exército e da magistratura, de ir ao castelo de Bruggen, para estabelecer rigorosamente a identidade do grão-duque Hermann IV, e para tomar com Sua Alteza todas as disposições relativas à sua entrada triunfal no principado de seus pais, entrada que se daria no início do mês seguinte.

"Dessa vez, está feito", disse a si mesmo Lupin, "o grande projeto do sr. Kesselbach está se tornando realidade. Só falta fazer com que Waldemar engula meu Pierre Leduc. Brincadeira de criança! Amanhã, os proclamas de Geneviève e de Pierre serão publicados. E é a noiva do grão-duque que vamos apresentar a Waldemar!"

E, todo feliz, saiu de automóvel para o castelo de Bruggen. No carro, ele cantava, assobiava, interpelava o motorista.

– Octave, você sabe quem tem a honra de levar? O senhor do mundo... Sim, meu velho, isso o espanta, hein? Perfeitamente, é a verdade. Eu sou o senhor do mundo.

Esfregava as mãos e continuava a monologar:

– Mesmo assim, foi demorado. Já faz um ano que a luta começou. É verdade que é a luta mais formidável que já sustentei... Inferno, que guerra de gigantes!...

E ele repetiu:

– Mas desta vez deu certo. Os inimigos foram derrotados. Não há mais obstáculos entre mim e o objetivo. O lugar está livre, vamos construir! Tenho os materiais em mãos, tenho os operários, vamos construir, Lupin! E que o palácio seja digno de você!

Mandou parar a algumas centenas de metros do castelo, para tornar sua chegada mais discreta, e disse a Octave:

– Você vai entrar daqui a vinte minutos, às 4 horas, e deixará minhas malas no pequeno chalé que fica no final do parque. É ali que vou morar.

Na primeira curva do caminho, o castelo lhe apareceu, na extremidade de uma sombreada alameda de tílias. De longe, na escadaria, viu Geneviève passando.

Seu coração se emocionou docemente.

– Geneviève, Geneviève – disse ele, ternamente... – Geneviève... a promessa que fiz à sua mãe moribunda está se tornando realidade... Geneviève, grã-duquesa... E eu, na sombra, perto dela, cuidando de sua felicidade... e prosseguindo nas grandes combinações de Lupin.

Desatou a rir, saltou atrás de um grupo de árvores que se erguiam à esquerda da alameda e foi andando ao longo de densos arbustos. Dessa forma, chegava ao castelo sem que pudessem surpreendê-lo das janelas do salão ou dos quartos principais.

Seu desejo era ver Dolores antes que ela o visse e, como havia feito com Geneviève, pronunciou o nome dela várias vezes, mas com uma emoção que o surpreendia a ele próprio:

– Dolores... Dolores...

Furtivamente, seguiu pelos corredores e chegou à sala de jantar. Desse cômodo, por um espelho podia ver metade do salão.

Aproximou-se.

Dolores estava estirada numa espreguiçadeira, e Pierre Leduc, de joelhos diante dela, a fitava com ar extasiado.

O mapa da Europa

1

PIERRE LEDUC AMAVA DOLORES!
Foi uma dor profunda e aguda que tocou Lupin, como se ele tivesse sido ferido no início de sua vida, uma dor tão forte que teve – e essa era a primeira vez – a visão clara do que Dolores havia se tornado para ele, aos poucos, sem que ele tomasse consciência disso.

Pierre Leduc amava Dolores e olhava para ela como se olha a mulher que se ama.

Lupin sentiu nele, cego e louco, o instinto de matar. Aquele olhar, aquele olhar de amor que pousou na jovem, aquele olhar o deixou em pânico. Ele tinha a impressão do grande silêncio que envolvia a jovem e o jovem e, nesse silêncio, na imobilidade das atitudes, não havia nada mais vívido do que aquele olhar de amor, do que aquele hino mudo e voluptuoso pelo qual os olhos exprimiam toda a paixão, todo o desejo, todo o entusiasmo, toda a explosão de um ser pelo outro.

E via a sra. Kesselbach também. Os olhos de Dolores estavam invisíveis sob suas pálpebras abaixadas, suas pálpebras sedosas com longos cílios negros. Mas como ela sentia o olhar de amor que buscava seu olhar! Como ela estremecia sob a carícia impalpável!

"Ela o ama... ela o ama", disse Lupin a si mesmo, queimando de ciúme.

E como Pierre fez um gesto:

"Oh, miserável, se ousar tocá-la, eu o mato!"

E ele pensava, enquanto constatava o desvio de sua razão e se esforçava em combatê-lo:

"Mas como sou besta! Como você, Lupin, se deixa levar!... Vejamos, é totalmente natural que ela o ame... Sim, evidente, você tinha pensado adivinhar nela certa emoção quando você se aproximava... certa perturbação... Triplamente idiota, mas você não passa de um bandido, você, um ladrão... enquanto ele é duque, é jovem..."

Pierre não se tinha movido mais. Mas seus lábios se moveram, e parecia que Dolores acordava. Docemente, lentamente, ela ergueu as pálpebras, virou um pouco a cabeça e seus olhos deram com os do jovem, com aquele mesmo olhar que se oferece e que se entrega e que é mais profundo que o mais profundo dos beijos.

Foi repentino, brusco como um trovão. Em três saltos, Lupin correu para o salão, atirou-se sobre o jovem, jogou-o no chão e, com o joelho no peito do rival, fora de si, erguido em direção da sra. Kesselbach, gritou:

– Mas não está sabendo? Ele não lhe disse, esse malandro?... E o ama, a ele? Será que ele tem cabeça para ser grão-duque? Ah, como é ridículo!...

Ele ria raivosamente, enquanto Dolores o olhava com estupor:

– Um grão-duque, ele! Hermann IV, duque de Deux-Ponts-Veldenz! Príncipe reinante! Grande eleitor! Mas é de morrer de rir. Ele! Mas o nome dele é Baupré, Gérard Baupré, o último dos vagabundos... um mendigo que recolhi da lama. Grão-duque? Mas fui eu que o fiz grão-duque! Ah! Ah! Como isso é engraçado!... Se o tivesse visto cortar-se o dedinho... três vezes desmaiou... um maricas... Ah! você se permite olhar para as damas... e se revoltar contra o mestre... Espere um pouco, grão-duque de Deux-Ponts-Veldenz.

Ele o tomou nos braços como um pacote, balançou-o por um instante e o jogou pela janela aberta.

– Cuidado com as roseiras, grão-duque, elas têm espinhos.

Quando ele se virou, Dolores estava a seu lado e o olhava com olhos que ele não reconhecia, com olhos de mulher que odeia e que a cólera exaspera. Seria possível que era Dolores, a fraca e doentia Dolores?

Ela balbuciou:

– O que está fazendo?... Você ousa?... E ele?... Então, é verdade?... Ele mentiu para mim?

– Se ele mentiu?... – exclamou Lupin, compreendendo a humilhação dela como mulher... – Se ele mentiu? Ele, grão-duque! Simplesmente um polichinelo, um instrumento que ajustei para dar asas a minhas fantasias! Ah! Esse imbecil! Esse imbecil!

Cheio de raiva, bateu o pé e apontou o punho para a janela aberta. E se pôs a andar de uma ponta a outra da sala e lançava frases em que explodia a violência de seus pensamentos secretos.

– Esse imbecil! Ele não viu o que eu esperava dele? Então não adivinhou a grandeza de seu papel? Ah! esse papel, vou fazê-lo entrar à força em sua cabeça. Cabeça erguida, cretino! Você será grão-duque por minha vontade! E príncipe reinante! Com uma corte de nobres e súditos para tosar! E com um palácio que Carlos Magno vai lhe reconstruir! E um mestre que serei eu. Lupin! Compreende, palerma? Levante a cabeça, maldito, mais alto! Olhe para o céu, lembre-se de que um Deux-Ponts foi enforcado por roubo antes mesmo que os

Hohenzollern fossem mencionados. E você é um Deux-Ponts, nome por nome, nem um a menos, e aqui estou eu, eu, eu. Lupin! E você será grão-duque, estou lhe dizendo, grão-duque de papelão? Que seja, mas grão-duque do mesmo jeito, animado por meu sopro e queimado por minha febre. Fantoche? Que seja. Mas um fantoche que dirá *minhas* palavras, que fará *meus* gestos, que executará *minhas* vontades, que realizará *meus* sonhos... sim... meus sonhos.

Não se movia mais, como que deslumbrado pela magnificência de seu sonho interior.

Então se aproximou de Dolores e, com voz sumida, numa espécie de exaltação mística, proferiu:

— À minha esquerda, a Alsácia-Lorena... À minha direita, Baden, Würtemberg, a Baviera... a Alemanha do Sul, todos esses estados mal reunidos, descontentes, esmagados sob a bota do Carlos Magno prussiano, mas inquietos, todos prontos para se libertar... Compreende tudo o que um homem como eu pode fazer ali no meio, tudo o que ele pode despertar de aspirações, tudo o que pode inspirar de ódio, tudo o que pode suscitar de revoltas e de raiva?

Mais baixo ainda, repetiu:

— E, à esquerda, a Alsácia-Lorena!... Compreende? Isso, sonhos, vamos lá! Será a realidade de depois de amanhã, de amanhã. Sim... eu quero... eu quero... Oh! tudo o que quero e tudo o que farei é inaudito!... Mas pense, pois, a dois passos da fronteira da Alsácia! Em pleno país alemão! Perto do velho Reno! Bastará um pouco de intriga, um pouco de gênio, para virar o mundo de cabeça para baixo. Gênio, eu tenho... tenho para revender... E eu serei o mestre! Eu vou ser aquele que dirige. Para o outro, para o fantoche, o título e as honras... Para mim, o poder! Eu vou ficar na sombra. Nenhum cargo: nem ministro, nem mesmo fidalgo! Nada. Serei um dos servos do palácio, o jardineiro talvez... Sim, o jardineiro... Oh, vida formidável! Cultivar flores e mudar o mapa da Europa!

Ela o contemplava avidamente, dominada, subjugada pela força desse homem. E os olhos dela exprimiam uma admiração que não procurava dissimular. Ele pôs as mãos nos ombros da jovem e disse:

– Esse é meu sonho. Por maior que seja, será ultrapassado pelos fatos, juro. O Kaiser já viu o que eu valia. Um dia me encontrará diante dele, acampado, face a face. Tenho todos os trunfos em mãos. Valenglay vai ficar do meu lado!... A Inglaterra também... o jogo acabou... Esse é meu sonho... Há outro...

Subitamente, ele se calou. Dolores não tirava os olhos dele e uma emoção infinita transtornava seu rosto.

Uma grande alegria o invadiu ao sentir mais uma vez, e de forma tão clara, a confusão daquela mulher ao lado dele. Não tinha mais a impressão de ser para ela... o que ele era, um ladrão, um bandido, mas um homem, um homem que amava, e cujo amor revolvia, no fundo de uma alma amiga, sentimentos inexprimíveis.

Então, não falou, mas lhe disse, sem pronunciá-las, todas as palavras de ternura e de adoração, e sonhava na vida que eles poderiam levar em algum lugar, não muito longe de Veldenz, ignorados e todo-poderosos.

Um longo silêncio os uniu. Depois, ela se levantou e ordenou docemente:

– Vá embora, eu lhe imploro que se vá... Pierre vai se casar com Geneviève, isso eu lhe prometo, mas é melhor que você parta... que você não esteja presente... Vá embora, Pierre vai se casar com Geneviève...

Ele esperou um instante. Talvez quisesse palavras mais

precisas, mas não ousava pedir nada. E se retirou, deslumbrado, inebriado e tão feliz por obedecer e submeter seu destino ao dela!

No caminho para a porta, encontrou uma cadeira baixa, que teve de deslocar. Mas o pé dele bateu em alguma coisa. Baixou a cabeça. Era um pequeno espelho de bolso, feito de ébano, com uma marca dourada.

Subitamente, estremeceu e rapidamente recolheu o objeto.

O número se compunha de duas letras entrelaçadas, um L e um M.

Um L e um M!

– Louis de Malreich – disse ele, estremecendo.

Voltou-se para Dolores.

– De onde vem esse espelho? De quem é? Seria muito importante...

Ela tomou o objeto e o examinou:

– Não sei... Nunca o vi... de um criado, talvez.

– Um criado, de fato – disse ele –, mas é muito estranho... há uma coincidência...

No mesmo momento, Geneviève entrou pela porta do salão e, sem ver Lupin, que um biombo o escondia, logo em seguida exclamou:

– Olhe só! Seu espelho, Dolores... Então o encontrou?... E todo o tempo que me fez procurar!... Onde estava?

E a jovem saiu, dizendo:

– Ah, bem, tanto melhor!... Como você estava inquieta!... Vou avisar imediatamente para que deixem de procurar...

Lupin não se havia mexido, confuso e tentando em vão entender. Por que Dolores não tinha dito a verdade? Por que não se havia explicado logo a respeito desse espelho?

Uma ideia aflorou e ele disse, um tanto ao acaso:

– Você conhecia Louis de Malreich?

– Sim – disse ela, observando-o, como se tentasse adivinhar os pensamentos que o assediavam.

Correu na direção dela com extrema agitação.

– Você o conhecia? Quem era? Quem é? Quem é? E por que não me disse nada? Onde o conheceu? Fale!... Responda!... Eu lhe peço...

– Não – disse ela.

– Mas é necessário... é necessário... Pense nisso! Louis de Malreich, o assassino! O monstro!... Por que você não disse nada?

Por sua vez, ela colocou as mãos nos ombros de Lupin e disse, com uma voz muito firme:

– Escute, nunca me pergunte, porque nunca vou falar... É um segredo que vai morrer comigo... Aconteça o que acontecer, ninguém vai saber, ninguém no mundo, juro...

2

Durante alguns minutos, ficou diante dela, ansioso, com o cérebro sem ação.

Lembrou-se do silêncio de Steinweg e do terror do velho quando lhe havia pedido a revelação do terrível segredo. Dolores também sabia e se calava.

Sem uma palavra, saiu.

O ar livre, o espaço, lhe fizeram bem. Passou pelos muros do parque e por muito tempo vagou pelos campos. E falava em voz alta:

– O que há? O que está acontecendo? Por meses e meses, enquanto batalhava e agia, faço dançar na ponta de suas cordas todos os personagens que devem concorrer à execução de meus projetos e, durante esse tempo, esqueci completamente de me debruçar sobre eles e observar o que está se agitando em seus corações e cérebros. Não conheço Pierre Leduc, não conheço Geneviève, não, não conheço Dolores... E os tratei como fantoches, ainda que sejam personagens vivos. E hoje encontro obstáculos...

Bateu o pé e exclamou:

– Obstáculos que não existem! Com o estado de espírito de Geneviève e de Pierre, pouco me importo... Vou estudar isso mais tarde, em Veldenz, quando tiver feito a felicidade deles. Mas Dolores... Ela conhecia Malreich e não disse nada!... Por quê? Que relações os unem? Ela tem medo dele? Tem medo de que ele fuja e venha se vingar de uma indiscrição?

À noite, ele chegou ao chalé que havia reservado para si, no fundo do parque, e lá jantou com péssimo humor, amaldiçoando Octave que o servia muito devagar ou muito depressa.

– Já chega, me deixe em paz... Você só faz besteiras hoje... E esse café? ...está intragável.

Deixou a xícara pela metade e, durante duas horas, vagou pelo parque, repisando as mesmas ideias. No fim, uma hipótese ganhava corpo em sua mente:

"Malreich escapou da prisão, aterroriza a sra. Kesselbach, já sabe, por ela, do incidente do espelho..."

Lupin deu de ombros:

"E esta noite, ele vem puxá-lo pelos pés. Vamos, estou divagando. O melhor é me deitar."

Voltou para seu quarto e foi para a cama. Adormeceu logo, com um sono pesado e agitado por pesadelos. Duas vezes acordou e quis acender velas, e duas vezes caiu novamente, como se tivesse sido jogado por terra.

Ouvia, no entanto, as horas batendo no relógio da aldeia, ou melhor, acreditava ouvir, pois estava mergulhado numa espécie de torpor em que lhe parecia manter viva a mente.

E sonhos o assombraram, sonhos de angústia e terror. Claramente, percebeu o rumor da janela se abrindo. Claramente, através de suas pálpebras fechadas, através da sombra espessa, viu uma forma que avançava.

E essa forma se curvou sobre ele.

Teve a energia incrível para levantar as pálpebras e olhar, ou pelo menos imaginou. Estava sonhando? Estava acordado? Ele se perguntava isso desesperadamente.

Mais um barulho... Tomavam a caixa de fósforos ao lado dele.

"Tenho de ver isso", disse para si mesmo, com grande alegria.

Um fósforo estalou. A vela foi acesa.

Dos pés à cabeça, Lupin sentiu o suor escorrendo pela pele, ao mesmo tempo em que o coração parava de bater, suspenso pelo medo. *O homem estava lá.*

Seria possível? Não, não... E, no entanto, ele via... Oh, que espetáculo terrível!... O homem, o monstro, estava ali.

– Eu não quero... eu não quero... – balbuciou Lupin, perturbado.

O homem, o monstro estava ali, vestido de negro, uma máscara no rosto, o chapéu mole rebaixado sobre os cabelos loiros.

– Oh! Estou sonhando... estou sonhando – disse Lupin, rindo... – É um pesadelo...

Com todas as suas forças, com toda a sua vontade, quis fazer um gesto, apenas um, que afugentasse o fantasma.

Não conseguiu.

E, de repente, ele se lembrou: a xícara de café! O gosto dessa bebida... semelhante ao gosto do café que havia tomado em Veldenz... Soltou um gritou, fez um último esforço e caiu, exausto.

Mas em seu delírio, sentia que o homem abria a parte de cima de sua camisa, punha sua garganta à mostra e erguia o braço; e viu que sua mão se crispava no cabo de um punhal, um pequeno punhal de aço, semelhante ao que havia atingido o sr. Kesselbach, Chapman, Altenheim e tantos outros...

3

Poucas horas depois, Lupin acordou, alquebrado de fadiga, com a boca amarga.

Permaneceu vários minutos tentando reunir suas ideias e, subitamente, lembrando-se, teve um movimento instintivo de defesa, como se alguém o atacasse.

– Como sou imbecil – exclamou ele, pulando da cama... – É um pesadelo, uma alucinação. Basta refletir. Se fosse *ele*, se realmente fosse um homem, em carne e osso, quem, nesta noite, levantou o braço sobre mim, teria me degolado como um frango. *Esse* não hesita. Sejamos lógicos. Por que teria me poupado? Por causa de meus lindos olhos? Não, eu sonhei, só isso...

Ele se pôs a assobiar e se vestiu, demonstrando a maior calma, mas sua mente não cessava de trabalhar, e seus olhos procuravam...

No chão, perto da janela, nenhum vestígio. Como seu quarto estava no térreo e como dormia de janela aberta, era óbvio que o agressor teria vindo por ali.

Ora, não descobriu nada, e nada tampouco no pé do muro externo, na areia da alameda que contornava o chalé.

– No entanto... no entanto... – repetia ele, entredentes.
Chamou Octave.
– Onde você preparou o café que me serviu ontem à noite?
– No castelo, patrão, como todo o resto. Não há fogão aqui.
– Você bebeu desse café?
– Não.
– Jogou fora o que sobrou na cafeteira?
– Caramba, sim, patrão. Achou-o tão ruim assim? Só conseguiu tomar alguns goles.
– Muito bem. Prepare o carro. Vamos partir.

Lupin não era homem para permanecer na dúvida. Queria uma explicação decisiva com Dolores. Mas, para isso, precisava, de antemão, esclarecer certos pontos que lhe pareciam obscuros e ver Doudeville, que lhe tinha enviado de Veldenz informações bastante estranhas.

Sem qualquer parada, foi levado ao grão-ducado, onde chegou por volta das 2 horas. Teve uma entrevista com o conde Waldemar, a quem pediu, sob um pretexto qualquer, que retardasse a viagem para Bruggen dos delegados da Regência. Depois foi procurar Jean Doudeville numa taverna em Veldenz.

Doudeville o levou, então, para outra taverna, onde o apresentou a um homenzinho bastante malvestido: Herr Stockli, empregado nos arquivos de registro civil.

A conversa foi longa. Saíram juntos, e os três passaram furtivamente pelos escritórios da Polícia. Às 7 horas, Lupin jantava e regressava. Às 10 horas, chegou ao castelo de Bruggen e procurava Geneviève, a fim de entrar com ela no quarto da sra. Kesselbach.

Disseram-lhe que a srta. Ernemont havia sido chamada de volta a Paris por um comunicado da avó.

— Muito bem — disse ele —, mas a sra. Kesselbach está por aqui?

— A senhora se retirou logo depois do jantar. Deve estar dormindo.

— Não, vi uma luz em sua saleta reservada. Ela vai me receber.

Ele mal esperou pela resposta da sra. Kesselbach. Entrou no boudoir quase seguindo a criada, despediu-se desta e disse a Dolores:

— Tenho de lhe falar, senhora, é urgente... Desculpe-me... Confesso que minha atitude pode lhe parecer inoportuna... Mas deve compreender, tenho certeza...

Estava muito agitado e não parecia disposto a adiar a explicação, tanto mais que, antes de entrar, tinha julgado ouvir um barulho.

Dolores, no entanto, estava sozinha, deitada. E ela lhe disse, com a voz cansada:

— Talvez poderíamos deixar... para amanhã.

Ele não respondeu, atingido subitamente por um cheiro que o surpreendia na boudoir dessa mulher, um cheiro de tabaco. E logo em seguida teve a intuição, a certeza de que um homem se encontrava ali, no momento em que ele próprio chegava, e ainda estava lá, escondido em algum lugar...

Pierre Leduc? Não, Pierre Leduc não fumava. Então?

Dolores murmurou:

— Vamos acabar com isso, eu lhe peço.

— Sim, sim, mas antes... seria possível me dizer?...

Fez uma pausa. De que adiantava interrogá-la? Se um homem realmente estava se escondendo, ela iria denunciá-lo?

Então se decidiu e, tentando domar a espécie de mal-estar medroso que o oprimia ao sentir uma presença estranha, disse em voz baixa, para que só Dolores pudesse ouvir:

– Escute, fiquei sabendo de uma coisa... que não entendo... e que me perturba profundamente. É preciso que me responda, não é, Dolores?

Pronunciou esse nome com grande doçura e como se estivesse tentando dominá-la pela amizade e pela ternura de sua voz.

– O que é essa coisa? – perguntou ela.

– O registro do estado civil de Veldenz tem três nomes, que são os nomes dos últimos descendentes da família Malreich, estabelecida na Alemanha...

– Sim, já me contou isso...

– Você lembra, primeiro aparece Raoul de Malreich, mais conhecido por seu nome de guerra, Altenheim, o bandido, o apache da alta sociedade – hoje, morto... assassinado.

– Sim.

– Em seguida, aparece Louis de Malreich, o monstro, esse, o terrível assassino, que, dentro de alguns dias, será decapitado.

– Sim.

– Depois, finalmente, Isilda, a louca...

– Sim.

– Tudo isso é, portanto, bem estabelecido, não é?

– Sim.

– Pois bem! – disse Lupin, inclinando-se mais sobre ela. – A partir de uma investigação a que me entreguei logo, segue-se que o segundo dos três prenomes, Louis, ou melhor, a parte da linha em que está inscrito, foi anteriormente objeto de um trabalho de raspagem. A linha está sobrecarregada com uma nova escrita, traçada com tinta muito mais recente, mas que, no entanto, não apagou totalmente o que estava escrito por baixo. De modo que...

– De modo que?... – disse a sra. Kesselbach, em voz baixa.

– De modo que, com uma boa lupa e sobretudo com os

procedimentos especiais de que disponho, consegui fazer reviver algumas das sílabas apagadas e, sem erro, com toda a certeza, reconstituir a escrita antiga. Não é então Louis de Malreich que encontramos, é...

– Oh! Cale-se, cale-se...

Subitamente, vencida pelo longo esforço de resistência que opunha, se inclinou e, com a cabeça entre as mãos, os ombros sacudidos por convulsões, ela chorava.

Lupin olhou longamente essa criatura descuidada e fraca, tão lastimável e tão desamparada. E teria preferido se calar, suspender o interrogatório torturante que lhe estava infligindo.

Mas não era para salvá-la que estava agindo assim? E, para salvá-la, não era necessário que ele soubesse a verdade, por mais dolorosa que fosse?

Continuou:

– Por que essa falsificação?

– Foi meu marido – balbuciou ela. – Foi ele que fez isso. Com sua fortuna, ele podia tudo e, antes de nosso casamento, conseguiu que um funcionário subalterno alterasse no registro o prenome do segundo filho.

– O prenome e o sexo – disse Lupin.

– Sim – respondeu ela.

– Assim – continuou ele –, não me enganei: o nome antigo, o verdadeiro, era Dolores? Mas por que seu marido...?

Ela murmurou, com as faces banhadas em lágrimas, toda envergonhada:

– Você não compreende?

– Não.

– Mas pense, pois – disse ela, estremecendo – eu era a irmã de Isilda, a louca, a irmã de Altenheim, o bandido. Meu marido, ou melhor, meu noivo, não quis que eu seguisse assim.

Ele me amava. Eu também o amava e concordei. Ele suprimiu Dolorès de Malreich dos registros, comprou-me outros documentos, outra personalidade, outra certidão de nascimento e me casei na Holanda sob outro nome, de srta. Dolores Amonti.

Lupin refletiu um instante e disse pensativamente:

— Sim... sim... compreendo... Mas, então, Louis de Malreich não existe, e o assassino de seu marido, o assassino de sua irmã e de seu irmão, não se chama assim... Seu nome...

Ela se endireitou e rapidamente complementou:

— O nome dele! Sim, ele se chama assim... sim, é o nome dele, de qualquer forma... Louis de Malreich... L e M... Lembre-se... Ah! não procure... é o segredo terrível... E depois, o que importa!... O culpado preso... Ele é o culpado... eu lhe digo... Ele se defendeu quando o acusei, frente a frente? Podia se defender, com esse nome ou com outro? É ele... é ele... ele matou... ele atacou... o punhal... o punhal de aço... Ah! Se se pudesse dizer tudo!... Louis de Malreich... Se eu pudesse...

Ela se revolvia na espreguiçadeira, numa crise nervosa, e sua mão se havia agarrado àquela de Lupin, e ele a ouviu gaguejando entre palavras indistintas:

— Proteja-me... proteja-me... Só você talvez... Ah! não me abandone... sou tão infeliz... Ah! que tortura... que tortura!... É o inferno.

Com a mão livre, ele lhe acariciava os cabelos e a testa com infinita delicadeza e, sob a carícia, ela relaxou e aos poucos se acalmou.

Então ele a olhou de novo e, por muito, muito tempo, se perguntou o que podia haver por trás dessa bela face pura, que segredo devastava essa alma misteriosa. Ela também estava com medo? Mas de quem? Contra quem ela estava implorando por proteção?

Mais uma vez, ficou obcecado pela imagem do homem negro, desse Louis de Malreich, inimigo tenebroso e incompreensível, cujos ataques ele tinha de repelir sem saber de onde vinham ou mesmo se haveriam de vir.

Que estivesse na prisão, vigiado dia e noite... que grande coisa! Lupin não sabia por si mesmo que há homens para os quais não existe prisão e que se libertam de suas correntes no momento fatídico? E Louis de Malreich era um desses.

Sim, havia alguém na prisão da Santé, na cela dos condenados à morte. Mas podia ser um cúmplice, ou outra vítima de Malreich... enquanto ele, Malreich, rondava em torno do castelo de Bruggen, se esgueirava na sombra, como um fantasma invisível, penetrava no chalé do parque e, à noite, erguia seu punhal sobre Lupin, adormecido e paralisado.

E era Louis de Malreich que aterrorizava Dolores, que a cobria de ameaças, que a dominava por algum segredo temível e a obrigava ao silêncio e à submissão.

E Lupin imaginava o plano do inimigo: jogar Dolores, assustada e trêmula, nos braços de Pierre Leduc, suprimira ele, Lupin, e reinar em seu lugar, ali, com o poder do grão-duque e com os milhões de Dolores.

Hipótese provável, hipótese certa, que se adaptava aos eventos e dava uma solução a todos os problemas.

"A todos?", objetava Lupin... "Sim... Mas, então, por que ele não me matou ontem à noite no chalé? Ele só tinha de querer e *não quis*. Um gesto e eu estava morto. Esse gesto, ele não o fez. Por quê?"

Dolores abriu os olhos, viu-o e sorriu, com um sorriso pálido.

– Deixe-me – disse ela.

Ele se levantou, hesitante. Iria ver se o inimigo estava atrás dessa cortina, ou escondido atrás das roupas nesse armário?

Ela repetiu docemente:

– Vá... eu vou dormir...

Ele foi embora.

Mas, do lado de fora, parou sob as árvores que lançavam uma grande sombra diante da fachada do castelo. Viu luz no boudoir de Dolores. Depois, essa luz passou para o quarto. Depois de alguns minutos, a escuridão dominava.

Esperou. Se o inimigo estivesse lá, sairia talvez do castelo? Uma hora se passou... duas horas... Nenhum barulho.

"Nada a fazer", pensou Lupin. "Ou ele se esconde em algum canto do castelo... ou saiu por uma porta que não posso ver daqui... A menos que tudo isso seja, de minha parte, a mais absurda das hipóteses..."

Acendeu um cigarro e voltou para o chalé.

Ao se aproximar, percebeu, ainda bem distante, uma sombra que parecia se afastar.

Não se mexeu, com medo de soar o alarme.

A sombra atravessou uma alameda. Na claridade da luz, pareceu-lhe reconhecer a silhueta negra de Malreich.

Correu.

A sombra fugiu e desapareceu.

"Vamos", disse ele a si mesmo, "ficará para amanhã. E dessa vez..."

4

Lupin entrou no quarto de Octave, seu motorista, acordou-o e lhe ordenou:

– Pegue o carro. Você estará em Paris às 6 da manhã. Vá ver Jacques Doudeville e diga a ele: 1º, para me dar notícias do condenado; 2° para me enviar, logo que os correios abrirem, uma mensagem nesses termos...

Escreveu a mensagem num pedaço de papel e acrescentou:

— Uma vez cumprida a missão, você vai voltar, mas por aqui, ao longo dos muros do parque. Vá, não deixe ninguém suspeitar de sua ausência.

Lupin foi para seu quarto, acendeu a lanterna e começou uma inspeção minuciosa.

— Isso mesmo — disse ele, depois de um momento —, vieram ontem à noite enquanto eu vigiava sob a janela. E, se vieram, suspeito da intenção... Definitivamente, eu não enganava... isso queima... Dessa vez, posso ter certeza de que vou ser alvo de uma punhalada.

Por prudência, pegou um cobertor, escolheu um lugar do parque bem isolado e dormiu ao relento.

Em torno das 11 horas da manhã, Octave se apresentou.

— Está feito, patrão. O telegrama foi enviado.

— Muito bem. E Louis de Malreich continua na prisão?

— Continua. Doudeville passou diante de sua cela ontem à tarde na Santé. O guarda estava saindo.

Eles conversaram. Malreich continua o mesmo, parece, mudo como uma carpa. Ele espera.

— Espera o quê?

— A hora fatal, ora! Na delegacia, dizem que a execução terá lugar depois de amanhã.

— Tanto melhor, tanto melhor — disse Lupin. — O que está bem claro é que ele não fugiu.

Ele se recusava a compreender e mesmo a procurar a chave do enigma, de tal modo pressentia que toda a verdade lhe seria revelada. Nada mais tinha a fazer do que preparar seu plano, a fim de que o inimigo caísse na armadilha.

"Ou que eu mesmo caia nela", pensou ele, rindo.
Estava muito alegre, de espírito expansivo e nunca uma batalha se anunciava para ele com chances melhores.

Do castelo, um criado lhe trouxe a mensagem que dissera a Doudeville que lhe enviasse e que o carteiro acabara de entregar. Abriu-a e a colocou no bolso.

Um pouco antes do meio-dia, encontrou Pierre Leduc numa alameda e, sem preâmbulos, disse:

– Estava procurando por você... há coisas graves... É preciso que me responda com franqueza. Desde que está neste castelo, já viu outro homem além dos criados alemães que contratei?

– Não.

– Pense bem. Não se trata de um visitante qualquer. Estou falando de um homem que tentasse se esconder e cuja presença você teria notado; até menos que isso, de cuja presença você teria suspeitado por algum indício, por uma impressão?

– Não... Você teria?...

– Sim. Alguém está se escondendo aqui... alguém está rondando por aí... Onde? E quem? E com que propósito? Eu não sei..., mas saberei. Eu já tenho presunções. De seu lado, abra os olhos... vigie... e, acima de tudo, nem uma palavra à sra. Kesselbach... Inútil perturbá-la...

E foi embora.

Pierre Leduc, atônito, perplexo, retomou o caminho do castelo.

A caminho, no gramado, viu um papel azul.

Ele o recolheu. Era um telegrama, não amassado como um pedaço de papel que se joga fora, mas dobrado com cuidado – visivelmente perdido.

Estava endereçado ao sr. Meauny, nome que Lupin levava em Bruggen. E continha essas palavras:

"*Conhecemos toda a verdade. Revelações impossíveis por carta. Tomarei trem hoje à noite. Encontro amanhã de manhã 8 horas estação Bruggen.*"

"Perfeito!" Disse a si mesmo Lupin, que, do meio de uns arbustos próximos, vigiava a atitude de Pierre Leduc... "perfeito! Daqui a dois minutos, esse jovem idiota terá mostrado o telegrama a Dolores e lhe falará de todas as minhas apreensões. Vão falar sobre isso o dia todo, e o *outro* vai ouvir, o *outro* vai saber, pois ele sabe de tudo, pois ele vive na própria sombra de Dolores, e Dolores está em suas mãos como uma presa fascinada... E esta noite ele vai agir, por medo do segredo que me será revelado..."

Afastou-se cantarolando.

– Esta noite... esta noite... vamos dançar... Esta noite... Que valsa, meus amigos! A valsa do sangue, ao som da ária do pequeno punhal niquelado... Enfim! Vamos rir.

Na porta do saguão, chamou Octave, subiu ao seu quarto, jogou-se na cama e disse ao motorista:

– sente-se nesta cadeira, Octave, e não durma. Seu mestre vai repousar. Vigie por ele, servo fiel.

Dormiu um bom sono.

– Como Napoleão na manhã de Austerlitz – disse ele, ao despertar...

Era hora do jantar. Comeu muito bem e depois, enquanto fumava um cigarro,

vistoriou suas armas e trocou as balas de seus dois revólveres.

– "Pólvora seca e espada afiada", como diz meu amigo Kaiser... Octave!

Octave acorreu.

– Vá jantar no castelo com os criados. Anuncie que vai a Paris esta noite, de carro.

– Com o senhor, chefe?

– Não, sozinho. E logo que terminar a refeição, de fato partirá e ostensivamente.

– Mas não irei a Paris?

– Não, você vai esperar fora do parque, na estrada, a um quilômetro de distância... até que eu chegue. Vai demorar.

Fumou outro cigarro, deu uma volta, passou diante do castelo, viu a luz nos aposentos de Dolores e voltou para o chalé.

Ali, tomou um livro. Era *Vida dos homens ilustres*.

– Está faltando uma e a mais ilustre – disse ele. – Mas o futuro está aqui, que recolocará as coisas em seu devido lugar. E terei meu Plutarco[7] um dia ou outro.

Leu *A vida de César* e anotou algumas reflexões na margem.

Às 11 e meia, subia.

Pela janela aberta, se debruçou para a vasta noite, clara e sonora, palpitando em ruídos indistintos. Lembranças lhe vieram aos lábios, lembranças de frases de amor que tinha lido ou proferido, e disse várias vezes o nome Dolores, com um fervor de adolescente, que dificilmente se atreve a confiar ao silêncio o nome de sua amada.

– Vamos – disse ele –, prepararemo-nos.

Deixou a janela entreaberta, afastou um móvel que barrava a passagem e pôs suas armas sob o travesseiro. Então, pacificamente, sem a menor emoção, se deitou, completamente vestido, e apagou a vela.

E o medo começou.

Foi imediato. Assim que a sombra o envolveu, o medo começou!

---

7. Plutarco (c.50-129 d.C.), escritor grego, autor de *Vidas paralelas*, obra que reúne biografias de personalidades ilustres da antiguidade, 23 gregas e 23 romanas (N.T.).

– Diabos! – exclamou ele.

Saltou da cama, apanhou as armas e as jogou no corredor.

– Minhas mãos, só minhas mãos! Nada supera o aperto de minhas mãos!

Deitou-se. E, de novo, a sombra e o silêncio. E, de novo, o medo, o medo soturno, lancinante, invasivo...

Doze batidas no relógio da aldeia...

Lupin pensava no ser imundo que, ali, a cem metros, a cinquenta metros dele, se preparava, experimentava a ponta afiada de seu punhal...

– Que venha!... Que venha! – murmurou ele, tremendo todo... – e os fantasmas se dissiparão...

Uma hora, na aldeia.

E minutos, minutos intermináveis, minutos de febre e de angústia... Gotas perolavam pela raiz de seus cabelos e escorriam por sua testa, e lhe parecia que era um suor de sangue que o banhava inteiramente...

Duas horas...

E eis que, em algum lugar, ali bem perto, um ruído imperceptível palpitava, um ruído de folhas removidas... que não era o ruído das folhas agitadas pelo sopro da noite...

Como Lupin havia previsto, instantaneamente se esvaiu numa calma imensa. Toda a sua natureza de grande aventureiro estremecia de alegria. Era a luta, enfim!

Outro ruído estridente, mais agudo, sob a janela, mas ainda tão fraco que precisava do ouvido treinado de Lupin para percebê-lo.

Minutos, minutos assustadores... A escuridão era impenetrável. Nenhuma claridade de estrela ou da lua a iluminava.

E, repentinamente, sem que tivesse ouvido nada, sabia que o homem estava em seu quarto.

E o homem estava caminhando em direção à cama. Caminhava como um fantasma, sem deslocar o ar do quarto e sem mover os objetos que tocava.

Mas, com todo o seu instinto, com todo o seu domínio dos nervos, Lupin via os gestos do inimigo e adivinhava a sequência de suas ideias.

Ele não se mexeu, apoiado na parede e quase de joelhos, pronto para saltar.

Sentiu que a sombra passava rente, apalpava os lençóis da cama, para ver onde iria atacar. Lupin ouviu sua respiração. Até pensou ouvir os batimentos de seu coração. E notou com orgulho que o próprio coração não estava batendo mais forte... enquanto o coração do outro... Oh! sim, como ele ouvia esse coração desordenado, louco, que batia, como o bater de um sino, contra as paredes do peito.

A mão do *outro* se ergueu...

Um segundo, dois segundos...

Será que estava hesitando? Iria poupar uma vez mais seu adversário?

E, nesse grande silêncio, Lupin falou:

– Ataque de uma vez! Ataque!

Um grito de raiva... O braço se abateu como uma mola.

Em seguida, um gemido.

Esse braço, Lupin o tinha agarrado no ar, na altura do pulso... E, saltando para fora da cama, formidável, irresistível, agarrava o homem pela garganta e o derrubava.

Isso foi tudo. Não houve luta. Não podia mesmo haver luta. O homem estava no chão, pregado, rebitado por dois rebites de aço, as mãos de Lupin. E não havia nenhum homem no mundo, por mais forte que fosse, que pudesse se livrar desse aperto.

E nem uma palavra! Lupin não proferiu nenhuma dessas palavras em que normalmente se divertia com sua verve zombeteira. Não tinha vontade de falar. O instante era por demais solene.

Nenhuma alegria vã o comoveu, nenhuma exaltação vitoriosa. No fundo, só tinha pressa de uma coisa, saber quem estava ali... Louis de Malreich, o condenado à morte? Outro? Quem?

Com o risco de estrangular o homem, apertou-lhe a garganta um pouco mais, e um pouco mais, e ainda um pouco mais.

E sentiu que toda a força do inimigo, que tudo o que lhe restava de forças, o abandonava. Os músculos do braço se distenderam, ficaram inertes. A mão se abriu e largou o punhal.

Então, livre para se movimentar, a vida do adversário suspensa no assustador torno de seus dedos, tirou a lanterna do bolso, colocou o dedo indicador no botão, sem pressioná-lo, e a aproximou do rosto do homem.

Só tinha de apertar o botão, se quisesse, e saberia.

Por um segundo, saboreou seu poder. Uma onda de emoção o invadiu. A visão de seu triunfo o deslumbrou. Uma vez mais, e soberbamente, heroicamente, era o Mestre.

Com um golpe seco, ligou a lanterna. O rosto do monstro apareceu.

Lupin soltou um uivo de terror.

Dolores Kesselbach!

A matadora

1

No cérebro de Lupin, foi como um furacão, um ciclone, em que o estrondo do trovão, as borrascas de vento, as rajadas de elementos dispersos se desencadearam tumultuosamente numa noite de caos.

E grandes raios fustigavam a escuridão. E na claridade fulgurante desses relâmpagos, Lupin assustado, sacudido por arrepios, convulsionado pelo horror, Lupin via e tentava compreender.

Não se mexia, agarrado à garganta do inimigo, como se seus dedos enrijecidos não pudessem mais afrouxar o aperto. Além disso, embora agora soubesse, não tinha, por assim dizer, a impressão exata de que fosse Dolores. Ainda era o homem negro, Louis de Malreich, o animal imundo das trevas; e esse animal ele o segurava, e não o soltaria.

Mas a verdade tomava de assalto seu espírito e sua consciência e, vencido, torturado pela angústia, murmurou:

– Oh! Dolores... Dolores...

Logo em seguida, vislumbrou a desculpa: a loucura. Ela era louca. A irmã de Altenheim e de Isilda, a filha dos últimos Malreich, da mãe demente e do pai alcoólatra, ela mesma era louca. Louca estranha, louca com toda a aparência da razão sadia, mas louca, no entanto, desequilibrada, doente, anormal, verdadeiramente monstruosa.

Com toda a certeza, compreendeu isso! Era a loucura do crime. Sob a obsessão de um objetivo para o qual caminhava automaticamente, ela matava, ávida de sangue, inconsciente e infernal.

Matava porque queria alguma coisa, matava para se defender, matava para esconder que havia matado. Mas matava também e, acima de tudo, por *matar*. A assassina satisfazia nela apetites repentinos e irresistíveis. Em alguns segundos de sua vida, sob certas circunstâncias, diante de tal ser tornado subitamente em adversário, era preciso que seu braço golpeasse.

E golpeava, ébria de raiva, feroz e freneticamente.

Louca estranha, irresponsável por seus assassinatos, mas tão lúcida em sua cegueira! Tão lógica em sua desordem! Tão inteligente em seu absurdo! Que destreza! Que perseverança! Que combinações a um tempo detestáveis e admiráveis!

E Lupin, numa visão rápida, com uma prodigiosa acuidade no olhar, via a longa série de aventuras sangrentas e adivinhava os caminhos misteriosos que Dolores havia seguido.

Ele a via, obcecada e possuída pelo projeto do marido, um projeto que ela evidentemente devia conhecer apenas em parte. Ele a via também procurando esse Pierre Leduc, que seu marido buscava, e procurando-o para se casar com ele e para retornar, como rainha, a esse pequeno reino de Veldenz, do qual seus ancestrais haviam sido ignominiosamente expulsos.

E ele a via no Palace-Hotel, no quarto do irmão Altenheim, quando supunham que estivesse em Monte Carlo. Ele a via por dias espionando o marido, deslizando rente às paredes, envolta nas trevas, indistinta e despercebida em seu disfarce de sombra.

E uma noite encontrava o sr. Kesselbach acorrentado, e atacava.

E de manhã, prestes a ser denunciada pelo camareiro, ela atacava.

E uma hora mais tarde, a ponto de ser denunciada por Chapman, ela o arrastava para o quarto do irmão e o atacava.

Tudo isso sem piedade, de modo selvagem, com uma habilidade diabólica.

E com a mesma habilidade, ela se comunicava por telefone com as duas camareiras, Gertrude e Suzanne, ambas recém-vindas de Monte Carlo, onde uma delas havia desempenhado o papel de sua patroa. E Dolores, retomando suas roupas femininas, deixando a peruca loira que a tornava irreconhecível, descia ao térreo, se encontrava com Gertrude no momento em que esta entrava no hotel e fingia chegar, ela também, ignorando ainda a desgraça que a aguardava.

Artista incomparável, ela interpretava a esposa cuja existência havia sido destruída. Todos sentiam pena. Choravam por sua causa. Quem teria suspeitado dela?

E então começava a guerra com ele, Lupin, essa guerra bárbara, essa guerra inaudita que ela travou, por turno, contra o sr. Lenormand e contra o príncipe Sernine, durante o dia em sua espreguiçadeira, doente e debilitada, mas, à noite, de pé, correndo pelas estradas, incansável e aterrorizante.

E eram as combinações infernais, Gertrude e Suzanne, cúmplices assustadas e dominadas, uma e outra servindo de emissárias, disfarçando-se como ela talvez, como no dia em que o velho Steinweg foi sequestrado pelo barão Altenheim, em pleno Palácio da Justiça.

E era a série de crimes. Era Gourel afogado. Era Altenheim, seu irmão, apunhalado. Oh!, a luta implacável nos subterrâneos da Villa das Glicínias, o trabalho invisível do monstro na escuridão, como tudo isso aparecia claramente hoje!

E era ela que lhe tirava a máscara de príncipe, era ela que o denunciava, era ela que o jogava na prisão, era ela que frustrava todos os seus planos, gastando milhões para vencer a batalha.

E depois os acontecimentos se precipitaram. Suzanne e Gertrude desapareceram, mortas, sem dúvida! Steinweg, assassinado! Isilda, a irmã, assassinada!

– Oh, a ignomínia, o horror! – balbuciou Lupin, num sobressalto de repugnância e de ódio.

Ele a execrava, essa abominável criatura. Teria pretendido esmagá-la, destruí-la. E era coisa espantosa que esses dois seres agarrados um ao outro, jazendo imóveis na palidez da aurora que começava a se confundir com as sombras da noite.

– Dolores... Dolores... – murmurou ele, em desespero.

Saltou para trás, ofegando de terror, de olhos arregalados. O quê? O que havia? O que era essa ignóbil sensação de frio que gelava suas mãos?

– Octave! Octave! – gritou ele, sem se lembrar da ausência do motorista.

Socorro! Ele precisava de socorro!

Alguém que o tranquilizasse e o ajudasse. Estava tremendo de medo. Oh!, esse frio, esse frio da morte que sentira. Seria possível?... Então, durante esses poucos minutos trágicos, ele tinha, com os dedos crispados...

Com violência, forçou-se a olhar. Dolores não se mexia mais.

Caiu de joelhos e a puxou contra si.

Estava morta.

Ficou alguns instantes num entorpecimento, em que sua dor parecia se dissolver. Não sofria mais. Não tinha mais nem fúria, nem ódio, nem sentimento de qualquer espécie... apenas um abatimento estúpido, a sensação de um homem que recebeu um golpe e que não sabe se ainda está vivo, se pensa ou se não é o brinquedo de um pesadelo.

No entanto, pareceu-lhe que algo de justo acabara de acontecer e não pensou por um segundo que era ele que tinha matado. Não, não foi ele. Estava fora dele e de sua vontade. Fora o destino, o destino inflexível que fez o trabalho da justiça, ao suprimir o animal nocivo.

Lá fora, pássaros cantaram. A vida se animava sob as velhas árvores que a primavera estava prestes a florescer. E Lupin, despertando de seu torpor, sentiu aos poucos brotar nele uma indefinível e absurda compaixão pela mulher miserável – odiosa certamente, abjeta e vinte vezes criminosa, mas ainda tão jovem e que não existia mais.

E pensou nas torturas que ela devia ter sofrido em seus momentos de lucidez, quando, com a razão retornando, a inominável louca tinha a visão sinistra de seus atos.

– Proteja-me... sou tão infeliz! – suplicava ela.

Era contra ela própria que pedia proteção, contra seus instintos selvagens, contra o monstro que morava nela e que a forçava a matar, a matar sempre.

"Sempre?", disse Lupin a si mesmo.

E se lembrava da noite de dois dias antes, quando, de pé, acima dele, com o punhal levantado contra o inimigo que, havia meses, a perseguia, sobre o infatigável inimigo que a havia encurralado em todos os crimes, ele se lembrava de que, nessa noite, ela não tinha matado. Era fácil, no entanto: o inimigo jazia inerte e impotente. Com um golpe, a luta implacável terminava. Não, ela não tinha matado, obedecendo a sentimentos mais fortes que a sua crueldade, a sentimentos obscuros de simpatia e de admiração por aquele que tantas vezes a havia dominado.

Não, ela não tinha matado dessa vez. E eis que, por um retorno verdadeiramente surpreendente do destino, eis que era ele quem a matava.

"Eu matei", pensou ele, tremendo dos pés à cabeça; "minhas mãos suprimiram um ser vivo, e esse ser é Dolores!... Dolores... Dolores..."

Não cessava de repetir o nome dela, seu nome de dor, e não cessava de olhá-la, triste coisa inanimada, inofensiva agora, pobre trapo de carne, sem mais consciência do que um montinho de folhas ou um passarinho abatido na beira da estrada.

Oh!, como poderia deixar de estremecer de compaixão, uma vez que, diante da outra, ele era o assassino, e ela não era mais que a vítima?

"Dolores... Dolores... Dolores..."

A plena luz do dia o surpreendeu sentado perto da morta, relembrando e sonhando, enquanto seus lábios articulavam, de vez em quando, as desoladas sílabas... Dolores... Dolores...

Era necessário agir, no entanto e, no colapso de suas ideias, não sabia mais em que sentido deveria agir ou com que ato começar.

"Vamos fechar os olhos dela, primeiro", disse ele para si mesmo.

Totalmente vazios, cheios de nada, eles ainda tinham, esses belos olhos dourados, uma doçura melancólica que lhes dava tanta graça. Seria possível que esses olhos tivessem sido os olhos do monstro? Malgrado seu e mesmo diante da realidade implacável, Lupin ainda não conseguia fundir num único personagem esses dois seres, cujas imagens eram tão distintas no fundo de seu pensamento.

Rapidamente, inclinou-se sobre ela, baixou-lhe as longas pálpebras sedosas e cobriu o pobre rosto convulsionado com um véu.

Então teve a impressão de que Dolores ia ficando mais distante e que o homem negro, dessa vez, estava ali, ao lado dele, em suas roupas escuras, com seu disfarce de assassino.

Ousou tocá-lo e apalpou suas roupas.

Num bolso interno, havia duas carteiras. Tomou uma delas e a abriu.

Encontrou primeiro uma carta assinada por Steinweg, o velho alemão.

Continha essas linhas:

"Se eu morrer antes de revelar o terrível segredo, que se saiba isso: o assassino de meu amigo Kesselbach é a mulher dele, cujo nome verdadeiro é Dolores de Malreich, irmã de Altenheim e irmã de Isilda.

As iniciais L e M se referem a ela. Na intimidade, Kesselbach nunca chamou sua esposa de Dolores, que é um nome de dor e de luto, mas de Laetitia, que significa alegria. L e M – Laetitia de Malreich – eram as iniciais inscritas em todos os presentes que ele lhe dava, por exemplo, na cigarreira encontrada no Palace-Hotel e que pertencia à sra. Kesselbach. Ela tinha contraído o hábito de fumar durante as viagens.

Laetitia! Ela foi de fato sua alegria por quatro anos, quatro anos de mentiras e de hipocrisia, em que ela preparava a morte daquele que a amava com tanta bondade e confiança.

Talvez eu devesse ter falado logo em seguida. Não tive coragem, lembrando de meu velho amigo Kesselbach, cujo nome ela carregava.

E depois eu tinha medo... No dia em que a desmascarei, no tribunal, eu tinha lido em seus olhos minha sentença de morte.

Minha fraqueza vai me salvar?"

"Ele também", pensou Lupin, "ele também, ela o matou!...

Ah, claro, ele sabia demais!... as iniciais... aquele nome Laetitia... o hábito secreto de fumar..."

E se lembrou da noite anterior, esse cheiro de tabaco no quarto.

Continuou a inspeção da primeira carteira.

Havia pedaços de cartas, em linguagem cifrada, sem dúvida entregues a Dolores por seus cúmplices, durante seus tenebrosos encontros...

Havia também endereços em pedaços de papel, endereços de costureiras ou de modistas, mas também endereços de bordéis e hotéis mal-afamados... E nomes também... Vinte, trinta nomes, nomes bizarros, Hector, o Açougueiro, Armand de Grenelle, o Doente...

Mas uma fotografia chamou a atenção de Lupin. Olhou-a. E imediatamente, como que movido por uma mola, largando a carteira, correu para fora do quarto, fora do pavilhão e foi para o parque.

Havia reconhecido o retrato de Louis de Malreich, prisioneiro na Santé.

E só então, só nesse preciso momento, é que se lembrou: a execução devia ter lugar no dia seguinte.

E como o homem negro, como o assassino não era outro senão Dolores, Louis de Malreich se chamava realmente Léon Massier e era inocente.

Inocente? Mas as provas encontradas na casa dele, as cartas do imperador e tudo, tudo o que o acusava inegavelmente, todas essas evidências irrefutáveis?

Lupin parou por um segundo, com a cabeça em fogo.

– Oh! – exclamou ele. – Estou ficando louco, eu também. Vejamos, pois, é imperativo agir... É amanhã que será executado... amanhã... amanhã de madrugada...

Maurice Leblanc

Tirou o relógio.
- Dez horas... de quanto tempo eu preciso para estar em Paris? Aí está... chegarei logo... sim, chegarei a tempo, é vital... E, a partir dessa noite, tomo as medidas para impedir... Mas que medidas? Como provar a inocência?...Como impedir a execução? Eh, o que importa?... Vou ver se pelo menos chego lá. Será que não me chamo Lupin?... Vamos, pois...
Voltou correndo, entrou no castelo e chamou:
- Pierre! Viram o sr. Pierre Leduc? Ah! aqui está você... Escute...
Puxou-o para o lado e, com voz entrecortada, imperiosa, disse:
- Escute, Dolores não está mais aqui... Sim, uma viagem urgente... ela se pôs a caminho esta noite em meu carro... Eu, eu também estou partindo... Então cale a boca! Nem uma palavra... uma segunda perda é irreparável. Você, você vai despedir todos os criados, sem explicação. Aqui está algum dinheiro. Daqui a meia hora, o castelo deve estar vazio. E não deixe ninguém entrar até minha volta!... Você tampouco, entende... Eu o proíbo de entrar nele... vou lhe explicar isso... razões graves. Tome, leve a chave... você vai me esperar na aldeia...
E de novo saiu correndo.
Dez minutos depois, ele encontrava Octave.
Saltou em seu carro.
- Paris - disse ele.

2

A VIAGEM FOI UMA VERDADEIRA CORRIDA PARA A MORTE.
Lupin, julgando que Octave não estava dirigindo muito rápido, tinha tomado o volante e corria de forma desordena-

da, vertiginosa. Nas estradas, nas vilas, nas ruas das cidades, andavam a cem quilômetros por hora.

Pessoas, que mal eram desviadas, gritavam de raiva, mas o carro já estava longe... tinha sumido.

– Patrão – balbuciava Octave, lívido –, vamos acabar ficando por aqui.

– Você, talvez, o carro talvez, mas eu vou chegar – dizia Lupin.

Tinha a sensação de que não era o carro que o transportava, mas ele que transportava o carro e que perfurava o espaço com as próprias forças, com a própria vontade. Então, que milagre poderia acontecer para que ele não chegasse, visto que suas forças eram inesgotáveis e sua vontade não tinha limites?

– Vou chegar porque tenho de chegar – repetia ele.

E pensava no homem que ia morrer, se não chegasse a tempo de salvá-lo, o misterioso Louis de Malreich, tão desconcertante em seu silêncio obstinado e com seu rosto hermético. E no tumulto da estrada, sob os galhos das árvores que faziam um barulho de ondas furiosas, entre a confusão de suas ideias, assim mesmo Lupin tentava estabelecer uma hipótese. E a hipótese foi ficando aos poucos mais lógica, inverossímil, certa, dizia ele a si mesmo, agora que conhecia a horrorosa verdade sobre Dolores, e que entrevia todos os recursos e todos os desígnios odiosos dessa mente perturbada.

"Sim, foi ela que preparou contra Malreich a mais espantosa das conspirações.

O que ela queria? Casar-se com Pierre Leduc, que ela conquistou, e tornar-se a soberana do pequeno reino do qual tinha sido banida. O objetivo era acessível, ao alcance de sua mão. Um único obstáculo... eu, eu, que durante semanas e semanas, incansavelmente, lhe barrava o caminho; eu, que ela encontrava depois de cada crime, eu, cuja clarividência ela temia, eu, que não me desarmaria antes de descobrir o culpado e de ter encontrado as cartas roubadas do imperador...

Pois bem! Como eu precisava de um culpado, o culpado seria Louis de Malreich, ou melhor, Léon Massier. Quem é esse Léon Massier? Ela o conheceu antes de seu casamento? Ela o amou? É provável, mas sem dúvida nunca se saberá. O que é certo é que ela terá ficado impressionada com a semelhança de altura e porte que ela mesma poderia obter com Léon Massier, vestindo-se como ele, com roupas pretas, e usando uma peruca loira. Teria observado a vida bizarra desse homem solitário, suas saídas noturnas, seu modo de caminhar na rua e de despistar aqueles que poderiam segui-lo. E foi em decorrência dessas observações e em previsão de uma possível eventualidade que ela teria aconselhado o sr. Kesselbach a rasurar no registro do estado o nome de Dolores e substituí-lo pelo nome de Louis, de modo que as iniciais fossem justamente aquelas de Léon Massier.

Chegado o momento de agir, ela trama seu complô, e o executa. Léon Massier mora na rua Delaizement? Ela ordena a seus cúmplices que se instalem na rua paralela. E é ela mesma que me indica o endereço do *maître-d'hôtel* Dominique e me coloca na pista dos sete bandidos, sabendo perfeitamente que, uma vez na pista, eu iria até o fim, ou seja, além dos sete bandidos, até seu chefe, até o indivíduo que os vigia e os dirige, até o homem negro, até Léon Massier, até Louis de Malreich.

E, de fato, eu chego primeiro aos sete bandidos. Então, o que vai acontecer? Ou serei vencido ou todos nos destruiremos, uns aos outros, como ela deve ter esperado naquela noite, na rua Vignes. E, nesses dois casos, Dolores se livraria de mim.

Mas acontece o seguinte: sou eu que capturo os sete bandidos. Dolores foge da rua Vignes. Eu a encontro no galpão do Sucateiro. Ela me indica o refúgio de Léon Massier, isto é, de Louis de Malreich. Descubro perto dele as cartas do imperador, *que ela mesma colocou ali*, e o entrego à Justiça; denuncio a comunicação secreta *que ela mesma mandou abrir* entre os dois galpões, e dou todas as provas *que ela mesma preparou*, e mostro por meio de documentos *que ela mesma inventou*, de que Léon Massier roubou o registro de Léon Massier e que ele se chama realmente Louis de Malreich.

E Louis de Malreich vai morrer.

E Dolores de Malreich, triunfante, finalmente ao abrigo de qualquer suspeita, pois o culpado foi descoberto, livre de seu passado de infâmias e crimes, seu marido morto, seu irmão morto, sua irmã morta, suas duas criadas mortas, Steinweg morto, libertada por mim de seus cúmplices, que jogo todos amarrados nas mãos de Weber; finalmente, libertada de si mesma por mim, que manda para o cadafalso o inocente que substitui a ela própria, Dolores, vitoriosa, milionária, amada por Pierre Leduc, Dolores será rainha."

– Ah! – exclamou Lupin fora de si – esse homem não vai morrer. Juro por minha cabeça, ele não vai morrer.

– Cuidado, patrão – disse Octave, assustado –, estamos nos aproximando... É a periferia... os subúrbios...

– E o que é que você quer que faça?

– Mas vamos capotar... Além disso, os paralelepípedos escorregam... vamos derrapar...

– Tanto pior.

– Atenção... Ali...

– O quê?

– Um bonde, na curva...

– Que ele pare!

– Desacelere, patrão.

– Nunca!

– Mas estamos perdidos...

– Vamos passar.

– Não vamos passar.

– Sim.

– Ah! filho de um cão...

Um estrondo... exclamações... O carro havia se engancha-do no bonde, depois foi atirado contra uma cerca, tinha demolido dez metros de tábuas e, finalmente, foi chocar-se na esquina de um aterro.

– Motorista, está livre?

Era Lupin, jogado sobre o gramado do aterro, chamando um táxi.

Levantou-se, viu seu carro batido, as pessoas que cercavam Octave, e pulou no carro de aluguel.

– Ao Ministério do Interior, praça Beauvau... Vinte francos de gorjeta...

E acomodando-se na parte de trás do táxi, continuou:

– Ah!, não, ele não vai morrer! Não, mil vezes não, não vou carregar isso em minha consciência! Basta ter sido o joguete dessa mulher e ter caído na armadilha como um colegial... Alto lá! Sem mais erros! Eu mandei prender esse infeliz... Fiz com que fosse condenado à morte... levei-o praticamente ao pé do cadafalso... Mas ele não vai subir nele!... Isso não! Se ele subir, nada mais me resta senão meter uma bala na cabeça!

Estavam se aproximando da barreira. Curvou-se e disse:

– Mais vinte francos, motorista, se você não parar.

E, diante do posto de controle, gritou:

– Serviço da Segurança!

Passaram.

– Mas não desacelere, caramba! – berrou Lupin... – Mais rápido!... Ainda mais rápido! Tem medo de atropelar as velhas? Pois, passe por cima. Eu pago as despesas.

Em poucos minutos chegavam ao ministério da praça Beauvau.

Lupin atravessou o pátio às pressas e subiu a escadaria principal. A antessala estava repleta de gente. Escreveu numa folha de papel: "Príncipe Sernine" e, puxando um serviçal para um canto, disse-lhe:

– Sou eu, Lupin. Você me reconhece, não é? Eu lhe arranjei esse lugar, um bom emprego, hein? Você só vai me fazer entrar imediatamente. Vá, passe meu nome. Só lhe peço isso. O presidente vai lhe agradecer, pode ter certeza... Eu também... Mas ande, idiota! Valenglay me espera...

Dez segundos depois, o próprio Valenglay punha a cabeça para fora da porta de seu gabinete e dizia:

– Façam entrar "o príncipe".

Lupin correu, fechou a porta rapidamente e, cortando a palavra do presidente, foi falando:

– Não, nada de frases, não pode me deter... Seria você se prejudicar a si próprio e comprometer o imperador... Não... não se trata disso. Escute. Malreich é inocente. Eu descobri o verdadeiro culpado... É Dolores Kesselbach. Ela está morta. Seu cadáver está lá. Tenho provas irrefutáveis. Não há dúvida possível. É ela...

Interrompeu a fala. Valenglay parecia não entender.

– Mas vejamos, senhor presidente, temos que salvar Malreich... Pense, pois... um erro judicial!... A cabeça de um inocente que cai!... Dê as ordens... um suplemento de informações... que sei eu?... Mas depressa, o tempo urge.

Valenglay olhou para ele atentamente, depois se aproximou de uma mesa, tomou um jornal e o entregou a ele, apontando para um artigo.

Lupin olhou para o título e leu:

"*A execução do monstro. Esta manhã, Louis de Malreich sofreu o último suplício...*"

Não terminou de ler. Atordoado, aniquilado, caiu numa poltrona com um gemido de desespero.

Quanto tempo ficou assim? Quando se viu do lado de fora, não soube dizer nada. Lembrava-se de um grande silêncio, depois revia Valenglay debruçado sobre ele e aspergindo-o com água fria, e se lembrava principalmente da voz abafada do presidente que cochichava:

– Escute... não é preciso dizer nada sobre isso, certo? Inocente, pode ser, não digo o contrário... Mas para que servem revelações? Um escândalo? Um erro judicial pode ter graves consequências. Vale a pena? Uma reabilitação? Para fazer o quê? Ele nem mesmo foi condenado com seu nome. É o nome de Malreich que é votado à execração pública... precisamente o nome da culpada... Então?

E, empurrando aos poucos Lupin em direção da porta, lhe havia dito:

– Vá... Volte para lá... Faça desaparecer o cadáver... E que não haja vestígios, hein? Nem o menor vestígio de toda essa história... Conto com você, não é?

E Lupin voltava para lá. Voltava como um autômato, porque lhe haviam ordenado a agir assim e porque não tinha mais vontade própria.

Durante horas ficou esperando na estação. Comeu maquinalmente, comprou a passagem e se acomodou num compartimento.

Dormiu mal, a cabeça em fogo, com pesadelos e com intervalos de vigília confusos, nos quais tentava compreender por que Massier não se tinha defendido.

"Era um louco... certamente... meio louco... Ele a conheceu antigamente... e ela envenenou a vida dele... ela o destruiu... Então, tanto fazia morrer... Por que se defender?"

A explicação só o satisfazia pela metade e prometia a si mesmo, um dia ou outro, esclarecer esse enigma e saber o papel exato que Massier tinha desempenhado na existência de Dolores. Mas o que importava agora?! Apenas um fato aparecia claramente: a loucura de Massier, e ele repetia para si mesmo obstinadamente:

"Era um louco... esse Massier era certamente louco. Aliás, todos esses Massier, uma família de loucos..."

Delirava, misturando nomes, com o cérebro enfraquecido.

Mas, ao descer na estação de Bruggen, teve, em pleno ar fresco da manhã, um laivo de consciência. Bruscamente, as coisas tomavam outro aspecto. E exclamou:

– Eh! Tanto pior, afinal! Ele só tinha de protestar... Não sou responsável por nada... foi ele que se suicidou... Ele é apenas um comparsa na aventura... Ele sucumbe... Lamento...

A necessidade de agir o inebriava novamente. E, embora ferido, torturado por esse crime do qual se sabia, apesar de tudo, o autor, olhava, contudo, para o futuro.

"São os acidentes da guerra. Não vamos pensar nisso. Nada está perdido. Pelo contrário! Dolores era o empecilho, uma vez que Pierre Leduc a amava. Dolores está morta. Então Pierre Leduc me pertence. E vai se casar com Geneviève, como eu decidi! E vai reinar! E eu serei o mestre! E a Europa, a Europa é minha!"

Exaltava-se, tranquilizado, cheio de súbita confiança, todo

febril, gesticulando na estrada, girando uma espada imaginária, a espada do chefe que quer, que comanda e que triunfa.

"Lupin, você será rei! Você será rei, Arsène Lupin."

Na aldeia de Bruggen, perguntou e soube que Pierre Leduc havia almoçado no albergue no dia anterior. Depois, não tinha sido mais visto.

– Como – disse Lupin – ele não dormiu aqui?

– Não.

– Mas para onde foi depois do almoço?

– A caminho do castelo.

Lupin foi embora, bastante surpreso. Tinha ordenado, contudo, ao jovem fechar as portas e não voltar mais depois da partida dos criados.

Logo em seguida, teve a prova de que Pierre havia desobedecido: o portão estava aberto.

Entrou, percorreu o castelo, chamou. Nenhuma resposta.

Subitamente, pensou no chalé. Quem sabe! Pierre Leduc, com pena daquela que amava e guiado por uma intuição, talvez tivesse procurado por esse lado.

E o cadáver de Dolores estava lá!

Totalmente inquieto, Lupin se pôs a correr.

À primeira vista, não parecia haver ninguém no chalé.

– Pierre! Pierre! – chamou.

Não ouvindo nenhum ruído, entrou no vestíbulo e no quarto que ele havia ocupado.

Parou, pregado no limiar da porta.

Acima do cadáver de Dolores, Pierre Leduc pendia, com uma corda em volta do pescoço, morto.

3

IMPASSÍVEL, LUPIN SE CONTRAIU DOS PÉS À CABEÇA. NÃO queria se entregar a um gesto de desespero. Não queria proferir uma única palavra de violência. Depois dos golpes atrozes que o destino lhe desferira, depois dos crimes e da morte de Dolores, depois da execução de Massier, depois de tantas convulsões e catástrofes, sentia a necessidade absoluta de manter todo o domínio sobre si mesmo. Caso contrário, sua razão iria soçobrar...

– Idiota! – disse ele, mostrando o punho para Pierre Leduc... – Triplamente idiota, você não podia esperar? Antes de dez anos, teríamos retomado a Alsácia-Lorena.

Como distração, procurava palavras para dizer, atitudes, mas suas ideias lhe escapavam e seu crânio parecia prestes a explodir.

– Ah, não, não – exclamou ele–, nada disso, Lisette! Lupin, louco, ele também! Ah, não, meu pequeno! Meta uma bala na cabeça, se isso

o diverte, que seja, e, no fundo, não vejo nenhum outro desfecho possível. Mas Lupin caduco, arrasado, isso não! Em beleza, meu bom homem, termine em beleza!

Caminhava, batendo o pé e levantando muito alto os joelhos, como fazem alguns atores para simular a loucura. E dizia:

– Vamos pensar, meu velho, vamos pensar, os deuses o contemplam. Nariz para cima! E estômago, caramba! Peito aberto! Tudo desmorona a seu redor!... O que lhe importa? É o desastre, nada mais funciona, um reino águas abaixo, estou perdendo a Europa, o universo se evapora?... Pois bem, e depois? Ria! Seja Lupin ou você está perdido... Vamos, ria! Mais alto que isso... Muito bem... Meu Deus, como é engraçado! Dolores, um cigarro, minha velha!

Ele se abaixou com um riso de escárnio, tocou o rosto da morta, vacilou um instante e caiu inconsciente.

Depois de uma hora, levantou-se. A crise tinha passado e, senhor de si, com os nervos relaxados, sério e taciturno, examinou a situação.

Sentia que havia chegado a hora de decisões irrevogáveis.

Sua existência se havia estraçalhado totalmente, em alguns dias, sob o assalto de catástrofes imprevistas, ocorrendo uma após outra no próprio minuto em que ele acreditava que seu triunfo estava assegurado. O que ia fazer? Recomeçar? Reconstruir? Não tinha coragem. Então?

Durante toda a manhã vagou pelo parque, passeio trágico em que a situação lhe apareceu em seus menores detalhes e em que, aos poucos, a ideia da morte se impunha a ele com um rigor inflexível.

Mas, quer ele se matasse, quer vivesse, havia primeiro uma série de providências que precisava tomar. E essas providências, seu cérebro, repentinamente apaziguado, as via claramente.

O relógio da igreja bateu o *angelus* do meio-dia.

– Mãos à obra – disse ele – e sem falta.

Voltou ao chalé, muito calmo, entrou em seu quarto, subiu num escabelo e cortou a corda que prendia Pierre Leduc.

– Pobre diabo – disse ele–, você tinha de acabar assim, com uma gravata de cânhamo ao pescoço. Ai de mim! Você não era feito para a grandeza... Eu deveria ter previsto isso, e não ligar minha sorte a um fazedor de rimas.

Revistou as roupas do jovem e não encontrou nada. Mas,

lembrando-se da segunda carteira de Dolores, tirou-a do bolso onde a tinha deixado.

Teve um gesto de surpresa. A carteira continha um maço de cartas cujo aspecto lhe era familiar, e do qual logo reconheceu as várias escritas.

– As cartas do imperador! – murmurou ele. – As cartas ao velho chanceler!... todo o maço que eu mesmo tomei de Léon Massier e entreguei ao conde Waldemar...

Como pode ser?... Será que ela o tinha retomado, por sua vez, desse cretino do Waldemar?

E, de repente, batendo na testa:

– Não, o cretino sou eu. Essas são as cartas verdadeiras! Ela as tinha guardado para chantagear o imperador na hora aprazada. E as outras, as que devolvi, são falsas,

copiadas por ela, evidentemente, ou por um cúmplice, e postas a meu alcance... E caí na arapuca, como um tonto! Droga, quando as mulheres se envolvem...

Havia apenas um cartão na carteira, uma fotografia. Olhou. Era a dele.

– Duas fotografias... Massier e eu... aqueles que ela mais amou, sem dúvida... Porque ela me amava... Amor bizarro, feito de admiração pelo aventureiro que sou, pelo homem que demolia sozinho os sete bandidos que ela havia encarregado de me derrubar. Amor estranho! Eu o senti palpitar dentro dela outro dia, quando lhe falei de meu grande sonho de poder! Lá, realmente, ela teve a ideia de sacrificar Pierre Leduc e de submeter o sonho dela ao meu. Se não fosse pelo incidente do espelho, ela estava domada. Mas ela teve medo. Eu estava chegando perto da verdade. Para sua salvação, era necessária minha morte, e ela se decidiu a isso.

Várias vezes repetiu pensativamente:

– E, no entanto, ela me amava... Sim, ela me amava, como outras me amaram, outras a quem eu lhes trouxe azar também... Ai de mim! Todas aquelas que me amam morrem... E essa também morre, estrangulada por mim... De que adianta viver?

Em voz baixa, repetiu:

– De que adianta viver? Não é melhor me juntar a elas, a todas essas mulheres que me amaram?... e que morreram de amor, Sonia, Raymonde, Clotilde Destange, srta. Clarke?...

Estendeu os dois cadáveres um perto do outro, cobriu-os com o mesmo véu, sentou-se a uma mesa e escreveu:

"Eu triunfei sobre tudo: e estou vencido. Eu chego ao objetivo e caio. O destino é mais forte do que eu... E aquela que eu amava não existe mais. Morro também.

E assinou: *Arsène Lupin."*

Lacrou a carta e a introduziu numa garrafa que jogou pela janela na terra fofa de um canteiro de flores.

Em seguida, fez uma grande pilha no chão com jornais velhos, palha e aparas que recolheu na cozinha.

Depois derramou querosene por cima.

Então acendeu uma vela e a jogou entre as aparas.

Logo uma chama subiu e outras mais fluíram, rápidas, ardentes, crepitantes.

– A caminho – disse Lupin–, o chalé é de madeira: vai queimar como um fósforo. E quando chegarem da aldeia, tendo de forçar as grades, de correr para esse lado do parque... será tarde demais! Encontrarão cinzas, dois cadáveres carbonizados e, perto dali, numa garrafa, meu bilhete de despedida... Adeus Lupin! Boa gente, enterre-me sem cerimônia... O carro funerário dos pobres... Nem flores nem grinaldas... Uma humilde cruz e este epitáfio:

"*Aqui jaz*
Arsène Lupin, aventureiro."
Chegou ao muro do perímetro, escalou-o e, virando-se, viu as chamas que subiam em rolos para o céu.

Foi caminhando em direção a Paris, vagando com desespero no coração, curvado pelo destino.

E os camponeses se surpreendiam ao ver esse viajante que pagava suas refeições de trinta soldos com cédulas bancárias.

Três ladrões de estrada o atacaram uma noite, em plena floresta. A golpes de bastão, ele os deixou quase mortos no local...

Passou oito dias numa pousada. Não sabia para onde ir... O que fazer? A que se agarrar? A vida o cansava. Não queria mais viver... não queria mais viver...

– É você!

A sra. Ernemont, no quartinho da Villa de Garches, estava de pé, trêmula, perplexa, lívida, de olhos arregalados para a aparição que estava diante dela.

Lupin!... Lupin estava ali!

– Você – disse ela... – Você!... Mas os jornais disseram...

Ele sorriu, tristemente.

– Sim, estou morto.

– Bem!... Bem!... – disse ela, ingenuamente...

– A senhora quer dizer, se estou morto, que não tenho nada para fazer aqui. Acredite, eu tenho razões sérias, Victoire.

– Como você mudou! – disse ela, com compaixão.

– Algumas leves decepções... Mas acabou. Escute, Geneviève está?

Ela deu um passo na direção dele, subitamente furiosa.

– Você vai deixá-la em paz, hein? Ah!, mas desta vez, não vou permitir. Ela voltou cansada, totalmente pálida, inquieta e foi a custo que recuperou suas belas cores. Você vai deixá-la, eu juro.

Ele pousou a mão com firmeza no ombro da velha.

– Eu quero... você entende... eu quero falar com ela.

– Não.

– Eu vou falar com ela.

– Não.

Ele a empurrou. Ela se repôs a prumo e, de braços cruzados, falou:

– Só se passar por sobre meu corpo, entende. A felicidade da pequena é aqui, em nenhum outro lugar... Com todas as suas ideias de dinheiro e de nobreza, você a tornaria infeliz. E isso, não. O que é feito de seu Pierre Leduc? E de Veldenz? Geneviève, duquesa! Você é louco. Essa não é a vida dela. No fundo, veja bem, você só pensou em si mesmo, aí dentro. Era seu poder, sua fortuna que você queria. Da pequena, você não se importa. Você ao menos se perguntou se ela o ama, esse seu sacripanta de grão-duque? Você já se perguntou se ela ama alguém? Não, você perseguiu seu objetivo, só isso, correndo o risco de ferir Geneviève e de torná-la infeliz pelo resto da vida. Pois bem! Eu não quero. O que ela precisa é de uma existência simples e honesta, e essa você não pode lhe dar. Então, o que vem fazer aqui?

Ele parecia abalado, mesmo assim, em voz baixa, com grande tristeza, murmurou:

– É impossível que nunca mais a veja. Impossível que eu não fale com ela...

– Ela pensa que você está morto.

– É isso que eu não quero! Eu quero que ela saiba a verdade. É uma tortura saber que ela pensa em mim como alguém que não existe mais. Traga-a, Victoire.

Falava com uma voz tão suave, tão desolada, que ela ficou enternecida e lhe pediu:

– Escute... antes de tudo, eu quero saber. Vai depender do que você tem a lhe dizer... Seja franco, meu rapaz... O que você quer com Geneviève?

Ele disse gravemente:

– Quero lhe dizer isso: "Geneviève, prometi à sua mãe que lhe daria fortuna, poder, uma vida de conto de fadas. E, naquele dia, quando alcançasse meu objetivo, eu lhe teria pedido um pequeno lugar, não muito longe de você. Feliz e rica, você teria esquecido, sim, tenho certeza de que teria esquecido o que sou, ou melhor, o que eu era. Infelizmente, o destino é mais forte do que eu. Eu não lhe trago nem fortuna nem poder. Não lhe trago nada. Pelo contrário, sou eu quem precisa de você. Geneviève, você pode me ajudar?"

– Para quê? – perguntou a velha, ansiosa.

– A viver...

– Oh! – disse ela – você está aí, meu pobre pequeno...

– Sim – respondeu ele simplesmente, sem dor aparente...

– Sim, estou aqui. Acabam de morrer três seres, que matei, que matei com minhas mãos. O peso da lembrança é muito grande. Estou sozinho. Pela primeira vez em minha vida, necessito de ajuda. Tenho o direito de pedir essa ajuda a Geneviève. E seu dever é de me concedê-la... Senão?...

– Tudo acabou.

A velha se calou, pálida e trêmula. Ela redescobria todo o seu afeto por aquele que ela havia nutrido com seu leite no passado, e que permanecia ainda, apesar de tudo, "seu pequeno". Ela perguntou:

– O que você vai fazer com ela?

– Vamos viajar... Com você, se quiser nos acompanhar...

– Mas você esquece... você esquece...
– O quê?
– Seu passado...
– Ela vai esquecê-lo também. Vai entender que não sou mais isso e que não posso mais sê-lo.
– Então o que você realmente quer é que ela compartilhe sua vida, a vida de Lupin?
– A vida do homem que serei, do homem que trabalhará para que ela seja feliz, para que ela se case de acordo com quem escolher. Vamos nos estabelecer em algum canto do mundo. Vamos lutar juntos, lado a lado. E a senhora sabe do que sou capaz...

Ela repetiu lentamente, os olhos fixos nele:

– Então, realmente, você quer que ela compartilhe a vida de Lupin?

Ele hesitou um segundo, apenas um segundo e afirmou claramente:

– Sim, sim, eu quero, é meu direito.

– Quer que ela abandone todas as crianças às quais se dedicou, toda essa vida de trabalho que ela ama e que lhe é necessário?

– Sim, eu quero, é seu dever.

A velha abriu a janela e disse:

– Nesse caso, chame-a.

Geneviève estava no jardim, sentada num banco. Quatro meninas se aglomeravam em torno dela. Outras brincavam e corriam.

Ele a via de frente. Via seus olhos sorridentes e graves. Uma flor na mão, ela destacava uma a uma as pétalas e dava explicações às crianças atentas e curiosas.

Depois as interrogava. E cada resposta rendia à aluna a recompensa de um beijo.

Lupin olhou para ela por longo tempo com uma emoção e uma angústia infinitas. Todo um fermento de sentimentos ignorados estava fermentando dentro dele. Tinha vontade de abraçar essa bela jovem, abraçá-la e mostrar seu respeito e carinho. Ele se lembrava da mãe, que morreu na pequena aldeia de Aspremont, morta de desgosto...

– Chame-a, então – voltou a dizer Victoire.

Ele se deixou cair numa poltrona, balbuciando:

– Não posso... Não posso... Não tenho o direito... É impossível... Ela pensa que estou morto... Melhor...

Chorava, sacudido por soluços, dominado por um desespero imenso, cheio de uma ternura que desabrochava nele, como aquelas flores tardias que morrem no mesmo dia em que se abrem.

A velha se ajoelhou e, com a voz trêmula, perguntou:

– Ela é sua filha, não é?

– Sim, é minha filha.

– Oh! meu pobre pequeno – disse ela, chorando –, meu pobre pequeno!...

Epílogo

O suicídio

1

– A CAVALO – DISSE O IMPERADOR.

Ele se corrigiu:

– A lombo de burro, melhor dizendo – emendou ele, vendo o magnífico burro que lhe traziam. – Waldemar, tem certeza de que esse animal é dócil?

– Eu respondo por ele, Sire– replicou o conde.

– Nesse caso, fico tranquilo – disse o imperador, rindo.

E, voltando-se para sua escolta de oficiais:

– Senhores, a cavalo.

Havia ali, na praça principal do vilarejo de Capri, toda uma multidão de carabineiros italianos e, no meio, todos os burros da região, requisitados para que o imperador percorresse a maravilhosa ilha.

– Waldemar– disse o imperador, tomando a frente da caravana –, por onde começamos?

– Pela vila de Tibério, Sire.

Passaram por uma porta, depois seguiram por um caminho mal pavimentado que sobe aos poucos no promontório oriental da ilha.

O imperador estava de mau humor e ria do colossal conde Waldemar, cujos pés tocavam o chão, de cada lado do infeliz burro que sucumbia sob seu peso.

Depois de três quartos de hora, chegaram primeiro ao Salto de Tibério, prodigioso rochedo de trezentos metros de altura, de onde o tirano jogava suas vítimas ao mar...

O imperador desceu, aproximou-se da balaustrada e lançou um olhar para o abismo.

Em seguida, quis ir a pé até as ruínas da vila de Tibério, onde passeou pelas salas e pelos corredores em ruínas.

Parou um instante.

A vista era magnífica em direção da ponta de Sorrento e sobre toda a ilha de Capri. O azul ardente do mar delineava a curva admirável do golfo, e os aromas frescos se mesclavam com o perfume dos limoeiros.

— Sire — disse Waldemar —, é ainda mais bonito, da capelinha do eremita, que está no topo da montanha.

— Vamos até lá.

Mas o próprio eremita descia por uma trilha íngreme. Era um ancião, de caminhar hesitante, costas arqueadas. Carregava o livro de registro em que os viajantes geralmente deixavam por escrito suas impressões.

Instalou esse registro sobre um banco de pedra.

— O que devo escrever? — perguntou o imperador.

— Seu nome, Sire, e a data de sua visita... e o que lhe aprouver.

O imperador tomou a pena do eremita e se abaixou.

— Cuidado, Sire, cuidado!

Gritos de terror... um grande estrondo do lado da capela... o imperador se voltou. Teve a visão de uma pedra enorme que rolava encosta abaixo na direção dele.

No mesmo momento, foi agarrado pelo eremita e atirado a dez metros de distância.

O rochedo veio colidir com o banco de pedra diante do

qual o imperador estava um quarto de segundo antes, e quebrou o banco em pedaços.

Sem a intervenção do eremita, o imperador estaria perdido. Estendeu-lhe a mão e disse simplesmente:
- Obrigado.

Os oficiais se aglomeravam em torno dele.
- Não é nada, senhores... Nada mais foi do que um susto... mas um belo susto, confesso... Mesmo assim, sem a intervenção desse bravo homem...

E, aproximando-se do eremita:
- Seu nome, meu amigo?

O eremita tinha mantido seu capuz na cabeça. Afastou-o um pouco e, em voz baixa, de forma a ser ouvido somente por seu interlocutor, disse:
- O nome de um homem que está muito feliz por ter lhe apertado a mão, Sire.

O imperador estremeceu e recuou.

Então, dominando-se logo:
- Senhores - disse ele aos oficiais -, eu lhes pediria que subam à capela.

Outras rochas podem se soltar e seria talvez prudente notificar as autoridades do país. Logo mais nos reencontraremos. Tenho de agradecer a esse bravo homem.

Ele se afastou, acompanhado pelo eremita. E, quando ficaram a sós, disse:
- Você! Por quê?
- Eu precisava lhe falar, Sire. Um pedido de audiência... teria me concedido? Preferi agir diretamente e pensava ser reconhecido enquanto Vossa Majestade assinava o registro... quando esse estúpido acidente...
- Em resumo? - disse o imperador.

— As cartas que Waldemar lhe entregou de minha parte, Sire, são falsas.

O imperador fez um gesto de vivo aborrecimento.

— Falsas? Tem certeza?

— Absoluta, Sire.

— Esse Malreich, no entanto...

— O culpado não era Malreich.

— Quem, então?

— Peço a Vossa Majestade que considere minha resposta como secreta. O verdadeiro culpado era a sra. Kesselbach.

— A própria esposa de Kesselbach?

— Sim, Sire. Ela está morta agora. Foi ela quem fez ou mandou fazer as cópias que estão em seu poder. Ela guardava as cartas verdadeiras.

— Mas onde estão? — exclamou o imperador. — Esse é o ponto importante! É preciso encontrá-las a todo custo! Atribuo um valor considerável a essas cartas...

— Aqui estão elas, Sire.

O imperador ficou estupefato por um momento. Olhou para Lupin, olhou as cartas, ergueu novamente os olhos para Lupin, então guardou o pacote no bolso sem examiná-lo.

Evidentemente, esse homem, mais uma vez, o desconcertava. De onde vinha, pois, esse bandido que, possuindo uma arma tão terrível, a entregava dessa maneira, generosamente, sem condições? Teria sido tão simples para ele guardar as cartas e usá-las como bem entendesse! Não, ele havia prometido. Ele mantinha a palavra.

E o imperador pensou em todas as coisas incríveis que esse homem havia realizado.

E lhe disse:

— Os jornais deram a notícia de sua morte...

– Sim, Sire. Na realidade, estou morto. E a justiça de meu país, feliz por se desembaraçar de mim, enterrou os restos carbonizados e irreconhecíveis de meu cadáver.

– Então, você está livre?

– Como sempre estive.

– Nada mais o prende a nada?

– Nada mais.

– Nesse caso...

O imperador hesitou, depois disse claramente:

– Nesse caso, entre a meu serviço. Eu lhe ofereço o comando de minha polícia pessoal. Você será o mestre absoluto. Você terá todos os poderes, até mesmo sobre a outra polícia.

– Não, Sire.

– Por quê?

– Eu sou francês.

Houve um silêncio. A resposta desagradava ao imperador, que disse:

– Mas uma vez que nenhum laço mais o prende...

– Esse não pode ser desatado, Sire.

E acrescentou, rindo:

– Eu morri como homem, mas vivo como francês. Fico surpreso que Vossa Majestade não compreenda.

O imperador deu alguns passos para a direita e para a esquerda. E continuou:

– Gostaria, contudo, de quitar minha dívida. Fiquei sabendo que as negociações para o grão-ducado de Veldenz foram suspensas.

– Sim, Sire. Pierre Leduc era um impostor. Está morto.

– O que posso fazer por você? Você me devolveu essas cartas... Você salvou minha vida... O que posso fazer?

– Nada, Sire.
– Faz questão que eu continue seu devedor?
– Sim, Sire.

O imperador olhou uma última vez para esse homem estranho, que estava diante dele como um igual. Então inclinou levemente a cabeça e, sem outra palavra, se afastou.

– Eh, majestade, consegui deixá-lo sem ação! – disse Lupin, seguindo-o com os olhos.

E, filosoficamente:

– Certamente, a desforra é medíocre, e teria preferido retomar a Alsácia-Lorena... Mas, assim mesmo...

Calou-se e bateu o pé.

– Maldito Lupin! Você será sempre o mesmo, até o minuto supremo de sua existência, odioso e cínico! Seriedade, caramba! A hora chegou, ou nunca mais chegará, de ser sério!

Subiu a trilha que levava à capela e parou diante do local de onde a rocha se havia desprendido.

Ele se pôs a rir.

– O trabalho foi bem executado e os oficiais de Sua Majestade nem sequer se deram conta. Mas como poderiam ter adivinhado que fui eu mesmo que trabalhei essa rocha, que, no último segundo, dei o golpe final com a picareta e que a dita rocha rolou pelo caminho que eu havia traçado entre ela... e um imperador cuja vida eu fazia questão de salvar?

Suspirou:

– Ah! Lupin, como você é complicado! Tudo isso porque você tinha jurado que essa Majestade lhe daria a mão! Grande coisa... "A mão de um imperador não tem mais que cinco dedos", como diria Victor Hugo[8].

---

8. Victor Marie Hugo (1802-1885), romancista e dramaturgo francês,

Maurice Leblanc

Entrou na capela e abriu, com uma chave especial, a porta baixa de uma pequena sacristia.

Sobre um monte de palha jazia um homem, com as mãos e pernas amarradas, uma mordaça na boca.

– Pois bem, eremita! – disse Lupin. – Não foi muito tempo, não é? Vinte e quatro horas no máximo... Mas como trabalhei bem por sua conta! Imagine que você acabou de salvar a vida do imperador... Sim, meu velho. Você é o homem que salvou a vida do imperador. Isso é sorte. Vão construir uma catedral e erguer uma estátua para você... até o dia em que o amaldiçoarão... Indivíduos dessa espécie podem fazer muito mal!... Especialmente aquele a quem o orgulho acabar por lhe virar a cabeça. Tome, eremita, tome seu hábito.

Atordoado, quase morto de fome, o eremita se levantou, cambaleando.

Lupin vestiu as próprias roupas rapidamente e lhe disse:
– Adeus, digno ancião. Desculpe-me por todos esses pequenos aborrecimentos. E ore por mim. Vou precisar. A eternidade me escancara suas portas. Adeus!

Permaneceu alguns segundos na soleira da capela. Era o momento solene em que se hesita, apesar de tudo, diante do terrível desfecho. Mas sua decisão era irrevogável e, sem pensar mais, saiu correndo, desceu correndo a encosta, atravessou a plataforma do Salto de Tibério e passou uma perna por cima da balaustrada.

– Lupin, vou lhe dar três minutos para representar. Para quê? Você vai dizer, não há ninguém... E você, você não está aqui? Não pode interpretar sua última comédia para si mesmo? Caramba, o espetáculo vale a pena... Arsène Lupin, peça

---

um dos maiores expoentes da escola literária do Romantismo (N.T.).

herói-cômica em oitenta quadros... O pano se ergue sobre o quadro da morte... e o papel é desempenhado por Lupin em pessoa... Bravo, Lupin!... Toquem meu coração, senhoras e senhores... setenta batidas por minuto... E um sorriso nos lábios! Bravo! Lupin! Ah!, engraçado, ele tem brio! Pois bem, salte, marquês... Está pronto? É a aventura suprema, meu caro. Nada de arrependimentos? Arrependimentos? E para que, meu Deus! Minha vida foi magnífica. Ah! Dolores! Se você não tivesse aparecido, monstro abominável! E você, Malreich, por que não falou?... E você, Pierre Leduc... Aqui estou!... Meus três mortos, eu me juntarei a vocês... Oh, minha Geneviève, minha querida Geneviève!... Ah isso! Mas acabou, velho cão?... Aí está! Aqui! Acorro...

Passou a outra perna, olhou para o fundo do abismo o mar imóvel e sombrio, e erguendo a cabeça:

— Adeus, natureza imortal e abençoada! *Moriturus te salutat* (O moribundo te saúda)! Adeus, tudo o que é belo! Adeus, esplendor das coisas! Adeus, vida!

Jogou beijos para o espaço, para o céu, para o sol... E, cruzando os braços, saltou.

2

SIDI-BEL-ABBES. QUARTEL DA LEGIÃO ESTRANGEIRA. PERTO da sala de informes, uma pequena sala baixa onde um suboficial fuma e lê seu jornal.

Ao lado dele, perto da janela que se abre para o pátio, dois grandes demônios de suboficiais falam um francês estraçalhado com termos de gíria misturados com expressões germânicas.

A porta se abriu. Alguém entrou. Era um homem magro, de estatura mediana, elegantemente vestido.

O ajudante se levantou mal-humorado com o intruso e rosnou:

– Oh isso! Onde anda o guarda de plantão?... E você, senhor, o que deseja?

– Serviço.

Isso foi dito claramente, imperiosamente.

Os dois suboficiais riram bobamente. O homem olhou para eles de soslaio.

– Em duas palavras, você quer entrar para a Legião? – perguntou o ajudante.

– Sim, quero, mas com uma condição.

– Condições, droga! E qual?

– Não é para apodrecer aqui. Há uma companhia que parte para o Marrocos. Quero entrar nela.

Um dos suboficiais riu novamente e foi ouvido dizendo:

– Os marroquinos vão passar um maldito quarto de hora. O senhor se alista...

– Silêncio! – gritou o homem – Não gosto de ser ridicularizado.

O tom era seco e autoritário.

O suboficial, um gigante, com ar de bruto, retrucou:

– Ei, azul, você deveria falar comigo de forma diferente... Sem o que...

– Sem o quê?

– Gostariam de saber como me chamo...

O homem se aproximou dele, agarrou-o pela cintura, o fez balançar no parapeito da janela e o jogou no pátio.

Depois disse ao outro:

– Sua vez. Suma daqui.

O outro foi embora.

O homem voltou imediatamente ao ajudante e disse:

– Meu tenente, peço-lhe para prevenir o major que Don Luís Perenna, grande de Espanha e de coração francês, deseja ingressar na Legião Estrangeira. Vamos, meu amigo.

O outro não se mexia, confuso.

– Vamos, meu amigo, e logo, não tenho tempo a perder.

O ajudante se levantou, olhou para essa figura incrível com um olhar perplexo e, docilmente, saiu.

Então Lupin apanhou um cigarro, acendeu-o e, em voz alta, sentando-se no lugar do ajudante, esclareceu:

– Uma vez que o mar não me quis, ou melhor, visto que, no último momento, eu não quis o mar, vamos ver se as balas dos marroquinos são mais compassivas. E depois, de qualquer modo, será mais chique... Diante do inimigo, Lupin, e pela França!...

Impressão e Acabamento
Gráfica Oceano